パラ・スター
〈Side 百花〉

阿部暁子

集英社文庫

パラ・スター

〈Ｓｉｄｅ　百花〉

主な登場人物

山路百花《やまじももか》　車いすメーカー藤沢製作所の新米社員。
小田切夏樹《おだぎりなつき》　藤沢製作所のエンジニア。百花の指導係。
藤沢由利子《ふじさわゆりこ》　藤沢製作所の二代目社長。車いすユーザー。
君島宝良《きみじまたから》　百花の親友。車いすテニスプレイヤー。
君島紗栄子《さえこ》　宝良の母。看護師。
雪代和章《ゆきしろかずあき》　宝良のジュニア時代からのテニスコーチ。
志摩《しま》　昭島テニスクラブ（ATC）のコーチ。
七條《しちじょう》　玲《れい》　世界ランク1位の車いすテニスプレイヤー。
三國智司《みくにさとし》　車いすテニス界の帝王と呼ばれるトッププレイヤー。
佐山《さやま》みちる　小学五年生の女の子。車いすユーザー。
佐山佳代子《かよこ》　みちるの母。

第一章

1

テニス用車いすの骨格となるパイプと部品を、車いすの全パーツを原寸大に印刷した設計図の上に一ミリのズレもないよう並べていく。——パイプ、指定よりも若干角度が足りない。なまし作業後のまだやわらかいアルミパイプを、少しずつ慎重に曲げながら誤差を修正していく。

仕上がったパイプを再び設計図の上に並べなおす。オーケー。もう一度パイプ以外のすべてのパーツにも目を配る。設計とのズレはないか。傷はないか。ゆがみはないか。息をひそめてひとつひとつ確認し、百花《ももか》は肩から力を抜いた。よし、オーケー。

仕上げを終えた部品のかごを、今度は溶接担当のもとに運ぶ。溶接を担当するのは、競技用車いすを製作しているこの第二工場の工場長、岡本《おかもと》だ。百花と同い年のひとり娘がいるという岡本は、四月に第二工場に異動してきたばかりの百花に何くれと世話を焼いてくれる親方的存在でもある。

「工場長、こちら調整終わったのでよろしくお願いします」

「おう。こっちもちょうど上がったから頼む」

溶接用のごついゴーグルを上げながら岡本が顎で指した作業台では、百花が点検調整を行った時にはバラバラだった部品たちが、すでに車いすの完成形をうっすらと感じさせる姿にまでつなぎ合わされていた。岡本に部品一式の入ったかごを預けるのと入れ違いに、百花は溶接が完了したパーツを慎重に抱えて工場の外に出た。

五月もすでに後半の木曜日。よく晴れたこの日は、胸がすくような青空が広がっていた。初夏の清々《すがすが》しい風を感じながら、第二工場に隣接するコンパクトな平屋に溶接済みの車いすのパーツを運びこんだ。ここはショットブラスト加工やアルマイト処理などの表面処理を行う施設。表面処理を行うことで溶接でつなぎ合わされたフレームの強度が上がり、傷もつきにくくなると同時に、ユーザーがふれた時の手ざわりもよくなる。

「こちらお願いします」「はいよー。そっちのやつ、もう持ってっていいよ」と表面処理担当者に溶接済みのパーツを引き渡し、代わりに表面処理が完了したパーツを受けとって百花は第二工場に戻った。ここから車いすの最終工程、組立て作業に入る。

組立ては、担当する仕事の中で一番好きな作業だ。

車いすの象徴である左右のタイヤや、車いすの心臓とも言えるシート部。ユーザーが競技中に激しい動きをしても車いすから落ちないよう固定するベルト。ユーザーに最適な数値を追求して作成された指示書に従い、各パーツを組み立てていく。まだパイプがつなぎ合わされただけのパーツたちが、自分の手で車いすの完成形に生まれ変わっていくのを見るのは、言葉にならないほど愛《いと》しい時間だ。

表面処理場から持ち帰ってきたパーツは、日本車いすテニス協会《JWTA》のリース事業用のテニス車のものだった。車いすテニスの普及のために、少額のリース料で希望者に競技用車いすが貸与されるのだ。百花はインナーベルトの張り具合やタイヤのキャンバー角に細心の注意を払いながら、一心に組立てを行った。車いすはプレイヤーの『足』。小さなネジ一本を締める作業にも、まだ見ぬ誰かの身体《からだ》にふれている気持ちで全神経を集中させる。この車いすが持つ力を最大限発揮できるように、正確に、丁寧に。そうして長い作業を終えたあと、作業台に立ち上がった完成品の車いすを見つめて、百花は誇らしさにそっと息をつめた。

まず目を惹《ひ》くのは、機動性を高めるためマイナス18度のキャンバー角をつけて『ハ』の字型に設置された左右のタイヤ。そしてアスリートの肉体動作を妨げないよう極度に低く設定された背もたれ。車いすの細やかで安定した動きを実現し、転倒を防止する働きもある前二輪、後一輪のキャスター。白銀にかがやくなめらかなフレームパイプは、究極の速さを追求したレース用車いすと同型のものを採用している。パイプのおもな素材はアルミだが、ジュースの缶とはわけが違い、藤沢《ふじさわ》製車いすは航空機にも使用される最高ランクの強度のアルミで作られている。

競技用車いすは、アスリートの願いとエンジニアの技術が結晶した、強靱《きょうじん》でこの上なく美しいマシンだ。

この車いすを使う人に、工場で働く自分が会うことはきっとない。でもどうか、この車いすに乗る人が心から自由にコートを駆けられるように。祈る気持ちでハンドリムをそっとなでた時、出し抜けに作業服のポケットから電子音が響いた。

甲高い音に第二工場内の数人のスタッフがそろって目をまるくしてふり返る。百花は「すみません！」と赤面しながら音を消し忘れていたスマートフォンを引っぱり出し、液晶画面に表示された名前を見て小さく声をもらした。

『君島宝良《きみじまたから》』

これが家族やほかの友人だったら、一度切ってあとでかけ直した。けれどその名前は特別だった。あまりに特別だから驚いてスマートフォンを取り落とし、バイブレーションのせいで床をうねうね動きまわるスマートフォンをあわてて追いかけた。

「すみませんっ、すみません……！」

「あーあー、いいからヤマモモ、ちょっと早いが昼休憩にして話してこい」

「ありがとうございますっ、十分早く戻って仕事します！」

岡本に九十度で頭を下げてから、百花は外にとび出した。外に出た途端、白い陽射《ひざ》しが降りそそぎ、近所の田んぼのまだ青い稲の匂いが風にのって鼻をすり抜けていった。

工場を出たすぐそこには古びた大きなドラム缶があり、百花はそのドラム缶のかげにしゃがみこんであわててスマートフォンを耳に当てた。

「もしもしっ、たーちゃん?」

『モモ』

宝良の声を聞くと、百花はいつも冬の風を思い出す。決してあたたかくはないが清潔に澄み切った風は、いつも凛《りん》とした宝良によく似合う。

『ワールドチームカップ、イギリスに勝った。明後日《あさって》に決勝』

宝良は普段どおり、前置きも世間話も一切なく必要な情報だけを伝えてきた。

百花はとっさに声が出ないまま、工場の軒下から空を仰いだ。宝良が今いるイスラエルは、サマータイムで日本との時差が約六時間。あちらは早朝の時刻だ。五月の中東の空はどんな色なのだろう。空気は乾いて暑いんだろうか。

車いすテニスのワールドチームカップは、一般テニスのデビスカップやフェドカップに相当する国別対抗選手権だ。参加国は二十数カ国にも上り、シングルス2試合、ダブルス1試合の団体戦で世界一の座を争う。

宝良は今年ナショナルチームの女子メンバーに抜擢《ばってき》され、五月十三日から十八日にわたってイスラエルで開催される二〇一九年ワールドチームカップに初出場していた。受け持つのはシングルス2。宝良が属する日本女子チームは予選ラウンドでブラジル、タイをストレートで下し、ついに強豪国イギリスとの準決勝にのぞんでいたはずだった。

その準決勝で日本チームが勝利した。理解した瞬間、じわっと鼻の奥が熱くなった。

「まじでぇ……?」

『嘘《うそ》ついてどうするの。結果知らせろってメール入れてたのそっちでしょ』

「ほんとのほんとぉ? 決勝って、すごいよ——たーちゃんは? どうだった?」

『勝ったよ。ギリギリだったけど、サラ・コールマンに』

コールマンは、確か世界ランキング7位の選手だ。世界四大大会《グランドスラム》や世界マスターズの常連でもあり、現在世界ランキング11位の宝良にすれば格上の相手ということになる。

そんな強敵に、宝良は勝利したのだ。

「たーちゃん、やったね……! よかった、ほんとに、すごい、おめでとう——」

『おめでとうって何、早いよ。まだ決勝が残ってる。しかも相手、オランダだし』

「でも、だって、たーちゃんが世界のすごい大会で、すごい選手に勝って——」

『もしかして泣いてるの? ほんとにばかだね、モモは』

これまで宝良に「ばか」と言われた回数はすでに両手両足の指を使っても数え切れないが、今日の「ばか」はふんわりと言葉の輪郭がやわらかくて、宝良は今うれしいんだとわかった。筋金入りの連絡不精で、とくに電話は大嫌いなのに、急いでうれしい結果を教えてくれたんだとわかった。

『じゃあ、寝るから』

「えっ、これから寝るの？」

『準決勝の試合が全部終わったの、夜中だったの。それからもあれやこれやあったし。とにかく寝る』

「け、決勝もがんばってね！」

急いで早口のエールを送ったが、聞こえたのかどうか返答がないまま通話は切れた。あっけにとられる素っ気なさだが、これがいつもの宝良だ。本当に宝良は、いつでも、どこにいても、宝良のままだ。

「――山路《やまじ》、そんなところにしゃがみこんで何やってる？」

頭上から耳がしびれるほど低い声が降った。その声の主は『世界でもっとも恐ろしい人物リスト』のベストワンを独占する百花の指導係で、普段ならこの声を聞いただけで震えあがるのだが、今はまだ放心を引きずったまま頭をもたげた。

「就業時間中に工場抜けてスマホいじってるとはいい度胸だな。頭のボルトがゆるんでるなら締め直してやるぞ」

分厚いファイルを脇に抱えながら鋭い目つきで見下ろしてくる小田切《おだぎり》は、百花の顔を見るとぎょっと目をみはった。

「……なんで鼻水たらして泣いてるんだ。まさかまた指やったのか」

「準決勝、勝ったって、今、電話があって」

小田切は、ふっと眉間のしわをほどいた。

「ワールドチームカップか？　女子チーム、勝ったのか」

「はい。それで、明後日、オランダと決勝だって――」

「そうか」

いつも冷静沈着な小田切の声に今は深い安堵《あんど》がこもっていて、この先輩エンジニアも準決勝の行方を気にしていたのだとわかった。試合を戦うのは選手たちだ。けれどナショナルチームメンバーの多くが使う競技用車いすは、自分たちが働くこの藤沢製作所第二工場で作られている。自分の『足』として藤沢の車いすを選んでくれた選手は大切なパートナーだし、自分たちの作った車いすが活躍するのはこの上ない喜びなのだ。

「君島選手は勝ったのか？」

電話をしてきたのが誰なのか、説明しなくても小田切にはわかったようだった。百花は頷《うなず》いた。頷きながらまた泣けてきて、作業服の袖で目もとをこすった。

「そうか――よかったな」

第二工場に異動してからというもの毎日のように叱りとばされている小田切に温かみのある声でそんなことを言われたから、また百花は涙があふれて何度も頷いた。

宝良がナショナルチーム入りしたと知らされた時、それだけで胸がいっぱいになった。

宝良がこれまで歩いてきた道の険しさを知っているから、なおさら泣けた。でも宝良はそんな感傷なんて蹴っ飛ばすみたいに世界の舞台で勇猛に戦い、勝ってしまった。きっと女子車いすテニスでは世界最強といわれるオランダ勢を相手にしても、宝良は恐れることなく全力で挑むのだろう。その勇姿を思い浮かべるだけで心の底からうれしくて、誇らしくて、涙がとめどなく流れた。

まだ早いと怒られたけどやっぱり言いたい。おめでとう、おめでとう、おめでとう。ついにここまで来たんだね、たーちゃん。

＊

千葉に本社を置く藤沢製作所は、昭和四十年創業の老舗《しにせ》車いすメーカーだ。従業員六十名足らずの小規模事業所ながら、徹底したユーザー第一主義からくるデザイン力と溶接技術は業界随一と評判で、これまでに発表した歴代の車いすは科学技術庁長官賞やグッドデザイン賞を幾度も受賞している。

その藤沢に競技用車いす部門を設立したのは、現社長の藤沢由利子《ゆりこ》。彼女が三十歳で先代である父親の跡を継いだ、昭和六十年の夏のことだった。

「創業から二十年、みなさんのたゆまぬ技術の追求によって、我が藤沢は車いす業界にゆるぎない地位を築きました。『車いすとはユーザーの願いを共に叶えるパートナー』。

それが先代の掲げた藤沢の車いすの理念です。先天性のものであれ、不慮の出来事によって負ったものであれ、障がいをもつ人々が、好きな時に望んだ場所へ向かい、大切な人と共に歩き、心地よく日常をすごせるようサポートする車いす。それを希求するみなさんが、ユーザーの願いに真摯に耳を傾けながら一台一台を作り上げてきたからこそ、我が社の車いすはユーザーのみなさまに愛され、今日の藤沢があります。

しかし私はこれより、日常の『その先』をめざす人々のための車いすも作りたい。私たちの肉体の可能性をさらに引き出し、もっとアクティブに運動することを望む人々のための車いすを。スポーツを楽しむ人のための車いすはもちろん、世界の頂点をかけたトップアスリートの試合でも通用する車いすも開発するつもりです。そして、自らの肉体を使いこなし、汗を流して戦うことに人生の喜びを見出《みいだ》すすべての人にとって希望となるような競技用車いすを、我が社の技術で生み出したい」

由利子によって集められた各部署の責任者と熟達の職人は、若き社長の曇りなき瞳を見つめたあと、つい彼女の下半身に目を移した。老舗車いすメーカーの新社長は、彼女自身が車いすユーザーだったのだ。それも大学在学中に脊髄腫瘍を患って車いす生活となるまでは、全日本学生テニスランキングの上位に名を連ねるプレイヤーだった。

しかし由利子が競技用車いすを作ると言い出した理由は、そんな自分の身の上だけによるものではない。

この年、昭和六十年の四月十二日から十四日にかけて、福岡県飯塚《いいづか》市で国内初の車いすテニス国際大会、飯塚国際車いすテニス大会が開催された。車いすテニスが世界で普及し始めたのはそのほんの十年ほど前のこと、日本ではまだほとんど認知されていない状態だったが、飯塚まで足をのばして観戦した由利子は衝撃を受けた。

人の肉体とは、いったいどれほどの可能性を秘めているのか。

人間は肉体を持って生まれ、死ぬまでその肉体と付き合い続けなければならない。その肉体が人生の途上で予期せぬ出来事により傷つくこともある。由利子自身のように。だが、今ある肉体をありったけ使いコートを駆け、魂をこめて球を打ち合うことを望む人々がこんなにも存在する。しかもそれは障がい者がリハビリのために運動しているという穏やかなものでは決してない。車いすで走るこのスピード。球を打つこのパワー。何より選手たちの目に激しく燃えるあの闘志。自らの肉体にやどる可能性を極限まで引き出し、勝利を賭けて全身全霊で戦う、これはまさしく決闘だ。

第一回大会で開催されたのは男子シングルスのみで、優勝は車いすテニスを世界に広めた立役者でもあるアメリカのブラッド・パークスが手にした。観客席で由利子は興奮とない交ぜになったくやしさに手を握りしめた。

日本人選手もおおいに健闘した。だがまだ日本における車いすテニスの技術が、教育が、環境が追いついていない。そして何よりも、彼ら選手の足たる車いすだ。

車いすテニスは、ツーバウンドでの返球が認められるなどの多少のルールの差異を除けばほぼ一般テニスと変わらない。一般テニスと同じ23・77×10・97メートルのコートで、一般テニスと同じラケット、ボールを使い、自分の足の代わりに車いすで駆けながら、球を打ち合ってポイントを競う。

現在選手たちが使っている車いすも、競技用に改良されてはいる。だが、もっとだ。もっと速く走り、もっとしなやかに動き、彼らの力の最大値を引き出す強い『足』が、車いすテニスという競技、いや、車いすテニスのみならず障がい者スポーツがこの国で花開くためには不可欠だ。その『足』を作るのは誰だ。

「藤沢の私たちです。車いすを作ることにかけては日本一の私たち以外のいったい誰に、この大業をまかせられるというのか」

若き社長の情熱は、室内の温度を確実に二度は上昇させるほどのものだった。しかし藤沢を担う幹部たちの反応は決してかんばしいとは言えなかった。最初に口を開いたのは営業部長、栗田《くりた》。

「競技用車いすって、売れるんですか。障がいを抱えながらそこまでハードな運動をするのはほんの一握りの人たちでしょう？　そんな需要のないものを作ったところで商売になるとは思えませんよ」

「それに研究開発にも莫大《ばくだい》な金がかかる。うちは一応赤字を出さずにやっていますが、それも先代が堅実にやってこられたからこそ。博打《ばくち》を打つほどの余力はありません」

続けて発言したのは経理部長の林《はやし》。由利子は二人を交互に見た。

「確かに競技用車いすに現時点でそこまでの需要はないでしょう。しかしそれは障がい者スポーツがまだ広まっていないからであり、広まらないのは環境が整っていないからです。日常生活以上の活動を望むユーザー、スポーツで世界に行きたいと望むユーザーは確実に存在します。障がい者というと、まるで異質な存在であるかのように聞こえるけれど、それは絶対に違うのですから。障がいと呼ばれる特徴をもっているというだけで、私たちもあなた方と何も変わらず誇りがあり、生きる喜びを感じている。夢だって見つけるし、それを全力で追いかけたい」

「社長。お気持ちはよくわかりますが、社長が第一にお考えになるべきは、この会社と社員のことではありませんか。競技用車いすを作るなとは申し上げません、しかしそれは、何も今でなくともいいのでは？　代替わりでまだ社内も落ち着いているとは言いがたい。もっとじっくりと時間をかけて、みんなでよく話し合い、いつかもう少し会社が安定してから取り掛かろうじゃありませんか」

柔和な声で諭すのは製造部長の馬場《ばば》。じつに正論であるだけに、由利子は反駁《はんばく》できなかった。――けれど『いつか』とは、いったいいつのことだ？

この三年後の昭和六十三年、ソウルオリンピックおよびパラリンピックの開催が決定していた。ソウル大会以前、パラリンピックという名称は正式ではなく、開催地も昭和三十五年のローマ大会、昭和三十九年の東京大会を除いてオリンピックとは別の都市であった。しかしソウル大会では初めて国際オリンピック委員会《IOC》が開催に関わり、オリンピックと同一都市での開催が決定され、さらにはパラリンピック――『もうひとつのオリンピック』という名称が正式に認められた。つまりは障がい者スポーツの国際大会が、世界最高のスポーツの祭典オリンピックと同等に尊重され、連携していくことが決まったのだ。これがいかにすばらしく画期的であるか。由利子は武者震いと共に確信した。まちがいなく障がい者スポーツは転換点を迎えている。いまだかつてない、大きな希望の波がやって来ようとしている。

ゆえに今この時、障がい者アスリートのための新たな車いすが必要なのだ。

もちろん今から競技用車いすを開発したとして、三年後のパラリンピックには間に合うまい。だが今もこの国には世界の舞台をめざして日々肉体を鍛え、練習に励む者たちがいる。もっと速く走りたい。もっと俊敏に動きたい。彼らのあくなき情熱に応え、彼らが頭に描くプレーを最大限に実現する車いすが必要だ。『いつか』などと言っていられない。たった今から始めても遅いくらいなのに。

「そうだな。競技用車いすってのは、相当難しいと思うぞ」

沈黙を破ったのは、長年現場で車いすを作り続けてきた藤沢の職人、小田切冬蔵《ふゆぞう》だった。『工場奉行』の異名をとる彼は工場の職人たちを束ねる親方的存在であり、たとえ重役であろうとも彼の意見は無視できない。それだけに冬蔵が否定的発言をしたことに由利子はショックを隠せなかった。

「俺はやったことがねえから細かいことは知らねえが、たとえば嬢ちゃん……いや社長が言うテニスってのは片時もじっとしてねえスポーツだろ。前後だけじゃなく、右にも左にも走りまわる。だが車いすは横への移動はできねえ。それを車いすでやってやろうってんなら――そうだな、くるっと回ってすぐに方向転換できるような工夫が必要だ。たとえばタイヤに角度をつけるとか」

工場奉行も味方についたと見てほくそ笑んでいた幹部たちは「……ん？」と雲行きが怪しくなってきたのを感じて眉根をよせた。小田切冬蔵は続ける。

「あと、あれだな。サーブする時、選手は後ろにのけ反るだろ。あれを車いすに座ってやったら後ろにひっくり返る。だから倒れない工夫が必要だ。後ろだけじゃない、前後左右どこにも倒れにくいよう安定させねえと。そうだな、子供の自転車みたく、補助輪でもつけてみるか？　そうすりゃ安定するかもしれねえ」

「ええ……ええ！　それはとってもいいと思う、フユおじちゃん。そして、最終的には軽くて頑丈で安定していて機動性が抜群だけど選手のコンディションに合わせて調整もできる車いすにしたいのよ」

「おいおい、なんて欲張りだ。腕が鳴るじゃねえか」

にやりとする冬蔵を「小田切さん」と営業部長が小声で咎《とが》めた。工場奉行はゆっくりと重役たちを見回した。

「あんたらはあんたらの持ち場で責任を持ってて、その立場から物を言ってる。それはよくわかるよ。だから俺も俺の持ち場から言わせてもらう。社長がやろうって言ってることは面白いと思うし、俺たち車いす屋の使命でもあるんじゃねえか」

恥ずかしいがよ、と小田切冬蔵は苦い笑みを浮かべた。

「俺は今まで数えきれないほどの車いすを作ってきた。使う人がなるべく快適に過ごせるように、できるだけ好きに動きまわれるように願ってな。だが、そういう車いすで生活してる人らの中に、スポーツで世界に行きたい人がいるなんて今まで考えたこともなかったよ。どこかでそういう人らは——障がい者は、穏やかで大人しくてそんなデカい夢は見ないって決めつけてたんだ。社長の言うとおり、心は俺たちと何も変わらんのにな。まったく情けねえ、こんなんで何が工場奉行だか」

そして冬蔵は毅然《きぜん》として声を張った。

「ここにいる俺たちはみんな立場は違うが、いい車いすを作りたい、それで使った人に笑ってもらいたいって気持ちは同じはずだ。必要としてる人がいるってんなら俺は職人として作りてえよ。最高の競技用車いすってやつを」

その後、白熱した話し合いは一時間たっても、二時間たっても、五時間たっても終わる気配はなく、そのうち酒をあおりながらの言論乱闘となり、そこにほかの社員たちまで飛び入り参加して、もはや手のつけられない混沌《こんとん》の宴は深夜まで続いたという。

その五年後、藤沢製作所はテニス用車いす第一号『ＴＮＩ』を発表した。

その後もバスケットボール用車いす、陸上競技用車いすなど、競技用車いすを次々に発表。今や国内パラアスリートの半数が藤沢の車いすを使うまでにシェアは拡大し、車いすテニス、車いすバスケ、パラバドミントン連盟のオフィシャルサプライヤーにも指名された。また二〇一七年にはロンドンの車いすバスケ団体と専属サプライヤー契約を締結。藤沢は世界の『FUJISAWA』として現在も車いすの改良開発に邁進《まいしん》している。

――というストーリーは藤沢製作所のホームページに掲載されており、百花は就職活動時期にＡ４用紙に印刷したものを、今でも手帳に大切にはさんで持っている。社長の由利子が競技用車いすの開発を熱く主張するくだりなど大好きなのだ。

こう話すと「めずらしいね」と言われることも多いが、百花は高校三年の夏にはすでに競技用車いすを製作する仕事に就きたいという気持ちを固めていた。そのために藤沢製作所に就職したいという目標も決まっていた。しかし学校の先生に相談しても「競技用車いす？　そんなのあるのか？」という反応であまり頼りにならなかったので、進路選択に悩んだあげく当時の百花は、胃が痛くなりそうなほど緊張しながら藤沢製作所に電話をかけた。しかも「藤沢由利子さんとお話しさせてください」と社長を電話口に呼び出したのだから若気の至りは恐ろしい。この所業は今でもときどき社内の飲み会でネタにされるが、そのたびに百花は穴に埋まりたくなる。

「まあ。うちで仕事がしたくて、わざわざお電話を？　それはありがとうございます」

しかし社長の由利子は、いきなり電話をかけてきた女子高生にも丁寧に応対してくれた。現在の由利子は六十代半ばの上品なご婦人で、百花は彼女が大好きだ。

「でも、ごめんなさいね。来年は採用予定がないんです。なにせ小さな会社ですから」

そうですか……、と落ちこむ百花に「それに」と由利子は穏やかな声で続けた。

「もし経済的な事情や時間的な都合がゆるすなら、もう少し勉強を続けてみてはどうかしら。人生の引き出しを増やすことは、きっとこの仕事の役に立つはずだと思います」

「それならあの、どんな専門学校や、どんな大学の学部なら役に立ちますか？」

「そこは何でもかまいません。車いす作りについては入社後の研修でみっちりと叩《たた》きこまれるし、うちで働いている人たちも、それは見事にバラバラな経歴の持ち主なのよ。『家族に車いすユーザーがいるから』という人から『とにかく車輪が好き』という人まで本当にさまざま。そんな個性豊かな人たちが、これまでに自分の得てきたものを出し合って車いすを作っているの。だからあなたも、今興味のあることをとことん学んでみたらいいと思います。学んで無駄になるものなど何ひとつないから。この世界にはさまざまな人がいる。それを理解して、その人たちと一緒に心地よく暮らす方法を一生懸命考えてくれる方なら、私は一緒に仕事がしたいです」

悩んだ末に百花は短大の健康科学部に進学し、二年間障がい者スポーツを勉強した。そして二年生の春、藤沢製作所の採用情報が発表されるなり魂をこめて履歴書を書き上げ、両親が買ってくれたリクルートスーツに身をつつんで藤沢製作所の門を叩いた。

「山路百花さん。二年前にお電話くださった方ね」

採用面接はなんと最初から社長の藤沢由利子が出席した。藤沢製のスタイリッシュな日常用車いすに座った彼女と向き合った百花は胸がつまった。二年も前に電話で話しただけの自分のことを覚えてくれているとは思わなかったのだ。

小ぎれいな部屋に置かれた長机には、由利子のほかにも二名の面接者が着席していた。由利子の右隣に座るスカイブルーの作業服を着た五十絡みの眼鏡《めがね》の男性は、日常用車いすを製作する第一工場の工場長、石巻《いしまき》。そして由利子の左隣の、二人に比べればずいぶん若い端整な顔立ちの青年が、のちに百花の指導係となる小田切夏樹《なつき》だった。

「では最初に、なぜ当社で働きたいと思ったのか、その理由を教えてください」

由利子の穏やかな問いかけに、百花は情熱をこめて答えた。車いすユーザーの友人がいること。彼女は現在、車いすテニスに打ちこんでいること。彼女がきっかけで車いすに興味を持ち、とくに競技用車いすの製作を仕事にしたいと思うようになったこと。

「そうですか、車いすテニス選手のお友達が。その方は、なんとおっしゃるの？」

「君島宝良です」

由利子は「君島さん？」と明らかに宝良の名前に反応した。石巻が由利子を見た。

「有名な選手なんですか？　お恥ずかしいが、私は社長や第二の連中と違って競技のことはそこまで明るくないもので」

「有名というか、今話題になっているお嬢さんなのよ」

「去年のデビューからランキングを急上昇している新人選手です。二〇一六年の仙台オープンで初めて公式戦に出場していきなり優勝。その後の大阪オープンも準優勝、広島のピースカップではベスト4入り。その成績で全日本マスターズの推薦枠を与えられ、マスターズ初出場で国内2位の最上涼子《もがみりようこ》を破って準優勝しました。今年に入ってからは日本車いすテニス協会《JWTA》の強化指定選手にも選出されています」

石巻と同じく『FUJISAWA』の刺繍《ししゆう》入りの作業服を着た小田切は、ドーベルマンのような引き締まった身体つきで、切れ長の目が鋭い。百花は正直怖そうな人だとひるんでいたのだが、その人が流れるように宝良の活躍について語り始めたのでひどく驚いた。

「ずいぶんと華々しいな……新人ということは競技歴はまださほどじゃないのか？」

「高校三年でリハビリと並行して始めたようですが、車いすテニスに本格的に取り組んだのは二〇一六年の高校卒業後からだそうです」

「ということは――まだ一年半ってところか。たまげたな」

「ただ彼女の場合は、その前の一般テニスのキャリアも相当のものですから。高校二年で受傷する前はインターハイ出場経験もあるそうで、テニス技術はずば抜けています。ただ、まだチェアワークがベテラン勢に追いつかず、そのせいでグレードの高い大会では優勝争いに食い込めずにいるんですが、これでチェアスキルも身につければ七條玲《しちじょうれい》に次ぐ日本のトッププレイヤーになると思います」

百花は、宝良がいずれ日本だけではなく世界までも舞台にして戦う車いすテニスプレイヤーとなることを疑ったことはなかった。けれど、自分以外の誰かがはっきりと宝良の力を認めるのを聞いたのは初めてで「ありがとうございます！」と自分のことでもないのに小田切に勢いよく頭を下げた。小田切は少したじろいだように身を引いて、百花の履歴書のコピーを手に取った。

「山路さんは、競技用車いす部門への配属を希望しているとのことですが」

「はい。友人が最高のプレーができるような、いい競技用車いすを作りたいです」

「それでは、君島選手がもし将来的に競技をやめたら、あなたにとっても車いす作りは意味がなくなるんですか？」

予想もしていなかった質問に、え、と声がもれた。

そんなことはない、と答えようとしたが、本当にそんなことはないのか？　と自分の内なる声に問いただされて迷いが生じ、小田切のこちらを見据えて逸《そ》れることのない視線に気づくとなおさら言葉がもつれて、百花は頭がまっ白になってしまった。

石巻が眼鏡のブリッジを押し上げながら咳払《せきばら》いした。

「小田切くん、そういう小意地の悪い質問で若者をいじめるのはよしなさい。圧迫面接だのパワハラだの、今はすぐにネットで広まるのは知ってるだろう」

「自分はいじめる意図はなく、ただ疑問に思ったことを」

「人が何かをめざすきっかけは本当にさまざまだし、それはたいてい身近で個人的なものだったりします。ただ、きっかけはきっかけで、その人の意志をずっと規定するものではないでしょう。年月と経験を重ねるごとに仕事への思いは変化していく。あなたもよく知っているようにね」

由利子がやわらかく笑いかけると、小田切は少し黙ってから「その通りです」と声を落とした。由利子は百花と目を合わせると、ゆるぎない微笑を浮かべた。

「あなたは車いすテニスをするお友達のために、いい車いすを作りたいと言いましたね。では『いい車いす』とは、どんなものだと思いますか？」

この質問にもまた百花は焦った。採用試験のために勉強したから車いす作りの工程はおおむねわかっている。でも『いい車いす』の定義とは何なのか。速いこと？　軽いこと？　丈夫なこと？　どれも重要だが決定的ではない気がして、脈ばかり速くなる。

それでも、この問いかけには、全力で答えなければならない。そう思った。どんなに拙《つたな》くても、今の自分が持っている精いっぱいの言葉で、自分が作りたいと願う車いすのことを、自分が一緒に働きたいと望むこの人たちに伝えなければならない。

「――その人を、自由にする車いすです」

長い沈黙のあとに口を開いた時、声が少し震えた。こんなにも真剣に言葉を探したことも、こんなにも切実に伝えたいと願ったことも、今までになかった。

「その人が、やりたいことを、やりたい時に、やりたいようにできる。その手助けをする車いすです。そんな、その人を自由にする車いすを、わたしは作りたいです」

言葉を切ったその時、宝良の姿が脳裏をよぎった。ポニーテールをひるがえし、手の皮が剝《む》けるまで車いすを走らせ、球を追ってテニスコートを駆けまわる宝良。

ああ、そうだ。23・77×10・97メートルのコート。あの場所でもっと宝良を自由にする車いすを作る。それが、わたしの夢だ。

長机の上で手を重ねた藤沢由利子が、親愛のこもったほほえみを浮かべた。

「私たちも、そんな車いすを作りたいと常に願っています。藤沢の車いすを必要としてくれるすべての人のために」

この面接から三日後、自宅に藤沢製作所の社名入りの封筒が届いた。

百花は震える指で封を開け、採用通知を見た時、玄関先の郵便受けの前で泣いた。

2

百花の現在の職場、藤沢製作所第二工場は、じつに独特の空間だ。

工場に入ってまず目に飛びこむのが、天井近くに棚状に組まれたパイプと、そこにぎっしりと並べられたおびただしい数の車輪。それから工場内の大部分の空間を占拠するパイプ加工のための加熱機や、部品を調整する切削《せっさく》機、溶接や組立てのための作業台。壁ぎわには車いすの組立て時に使う百種類近くの部品とネジを収めた大棚が立ちならぶ。彩りも装飾も一切ない、車いすを生み出すための無骨な空間を、スカイブルーの作業服を着たスタッフが行き来する。旋盤でアルミ板を削る音が響いたかと思えば、別の場所では溶接の青い炎が爆《は》ぜ、作業の音は一日じゅう止《や》むことがない。

競技用車いすを製作する第二工場は、体育館みたいに大きく立派な第一工場に比べると、町の公民館くらいのコンパクトな建物だ。

百花も入社してから知って驚いたのだが、藤沢製作所の日常用車いすと競技用車いすの売上は9対1。圧倒的に日常用車いすのほうが多い。競技用車いすの市場がそれだけ小さいのだ。それはすなわち車いすスポーツの競技人口がそれほど少ないということであり、パラスポーツ自体がまだまだ浸透していないということでもある。

競技用車いすの国内シェア五割を誇る藤沢製作所でさえ、第二工場で働く人員は百花を入れて八人しかいない。

それでも小さな第二工場で製作される競技用車いすは、とても多彩だ。

まずは藤沢の主力であるテニス用車いすとバスケットボール用車いす。もはや車いすというよりは人力のレーシングカーと言ったほうが近い陸上競技用車いす。装甲車のように大きくていかめしい、攻撃型と守備型の2パターンが存在するラグビー用車いす。このほかにもバドミントン用車いす、ソフトボール用車いすなども依頼があればオーダーメイドで対応する。

競技用車いすに憧れて藤沢製作所の門を叩いた百花だが、入社一年目の配属先は日常用車いすを製作する第一工場だった。正直に言えば第二工場に入れてもらえなかったことに最初は落ちこんだし、それは工場長の石巻にも一発で見抜かれてしまったらしい。配属初日の顔合わせの時、石巻は眼鏡のブリッジを押し上げながら言った。

「日常車というのは、すべての車いすの基礎だ。日常車にも介助用と自走用があって、自走用にもさらに折り畳み式と固定車があって、自走用固定車を競技の特性に合わせて改良した発展形が君の大好きな競技用車いすってわけだ。ぽかんとしてるな？　今の私の話をぽかんとせずに理解できるよう、一年ここで車いすについて学びなさい。最終的には設計図を見ただけでユーザーとなる人がどんな障がいをもち、それを車いすによってどうしたいと望んでいるのか、理解できるようになりなさい。君が行きたがっている第二工場はむさ苦しくて常に人手不足の貧乏男所帯だが、あそこのやつらは車いすをよく理解した上で、それをさらに勝負の世界で通用する乗り物にするという高度な仕事をしている。あそこに飛びこむには今の君の力量じゃお話にならない。わかったら、さあ、鍛えてやるからメモを持ってついて来なさい」

　その言葉のとおり第一工場では石巻や先輩スタッフに一年間厳しく鍛えられ、そして今年の四月、念願の第二工場に異動となった。実際に第二工場で働くようになると石巻の言葉の意味が身にしみてわかった。

　車いすはユーザーが病気やけがによって歩けないということを前提にした乗り物であり、ユーザーの体格や障がい、ユーザーの望む生活スタイルなどに合わせた一台一台のオーダーメイドが基本だ。競技用車いすは、そこからさらに選手のコンディションや競技界のプレースタイルの変化など刻々と変わる条件に対応し続けていく必要がある。選手一人ひとりに合わせた細やかな調整も、車いすの性能を上げるための大胆な改革も、車いすという乗り物を深く理解してこそできることだ。

　少人数でそんな競技用車いすを製作する第二工場のスタッフは、まさしく少数精鋭の優秀なエンジニアぞろいで、そこに自分の席をもらえたことが百花はうれしかった。

　一カ月かけて工場内のひと通りの工程を習練し、部品の照合と組立ての仕事を自分の担当にしてもらった時は、本当の意味で第二工場の一員になれたようで誇らしかった。初めて自分の手で車いすを組み上げた時は、胸が熱くなって少し涙目になった。大きな機械や車輪の山に囲まれた、いつも金属を削る音や溶接の炎が絶えない小さな工場が、百花は大好きだ。

「工場長、桜田《さくらだ》テニスクラブの四台、仕上がりました。点検お願いします」

「おっ、よしきた」

車いすの組立てを終えて呼びに行くと、溶接作業中だった岡本はゴーグルを額に上げながらすぐに点検に来てくれた。まだ第二工場に来てから三カ月足らずの新米なので、仕上がり時にはこうしてチェックをしてもらっている。いつもは百花の指導係がチェックしているのだが、今は不在のため岡本が代わりをしてくれていた。

点検が終わるのを待つ間、百花は控えめに肩の凝りをほぐした。次に二の腕を揉《も》んで、うっと息を詰める。……また太くなったような？　藤沢製作所に入って以来、力仕事が多くてずいぶん筋肉がついた。体重も、ちょっとばかり、増えてしまった。

工場内には小さな窓がいくつかあるだけだが、そこから見える外の景色は、もう新緑ではなく翡翠《ひすい》のような深い緑に染まっている。あっという間にもう六月終盤。就職してから時間の流れ方は学生の頃の倍にも感じるようになったが、第二工場に来てからはさらに倍に加速した。東京２０２０の開催が決まって以来藤沢製作所では競技用車いすの受注が急増して、小さくて人員も少ない第二工場は現在てんてこ舞いなのだ。

「ん、よし。品管《ひんかん》に回していいぞ。ヤマモモ、だいぶ速くなったな。仕上げも丁寧だ」

点検を終えた岡本が、腰をトントン叩きながら笑ってくれた。岡本は一見するといかにも頑固そうな風貌なのだが、工場のまとめ役なだけあって、こうしてまめに部下を褒めてくれる気配り上手だ。百花のことも「ここの連中、男所帯に慣れすぎてっから何か無礼があったらすぐ言えよ」とよく気にかけてくれる。

先輩スタッフたちに比べれば「まだまだ」をさらに二乗しなければいけないのは自覚しているが、やっぱり上達したと言ってもらえるのはうれしい。百花は「ありがとうございます」と仕事中はピンでとめている前髪をさわりながらはにかんだ。

「って、ああ、もうこんな時間か。ほんとに一日があっちゅう間に吹き飛ぶな……昼にするか。ヤマモモ、品管は午後でいいから飯にしてこい」

「はい、ありがとうございます」

「——昼ですか？　ちょうどよかった、お疲れさまです」

工場の扉が開き、スカイブルーの作業服を着た長身男性が入ってきた。指導係のおでましに百花は脊髄反射で気をつけの姿勢をとり、機敏な足取りでやってきた小田切は、手にしていた薄型の箱を百花に渡した。

「山路、これ配ってくれるか」

「お疲れさまです！　承知しました！」

「なんだ小田切、早いじゃねえか。昼食ったか？」

眉を上げる岡本に「すませました」と小田切は簡潔に答えた。小田切は今週の月曜日、火曜日、そして今日の午前までを振替休日にしていたのだ。百花は小田切からもらったお土産《みやげ》の『白い恋人』と印刷された包装紙を剝がした。

小田切は先週の金曜日の午後から日曜日にかけて札幌《さっぽろ》に出張していた。現地で開催される車いすテニスのローカル大会に修理班として参加するためだ。

藤沢製作所では、昔から全国の車いすスポーツイベントに自社のエンジニアを修理班として派遣している。ボランティアなので儲《もう》けは一切なく、かかる経費もすべて会社の負担だ。それでも藤沢という会社を知ってもらうためにはこうした地道な活動が必要であり、何より車いすを作る者としてパラスポーツの普及のために尽くすのは自社の使命である、というのが社長藤沢由利子の考えである。

現在、第二工場でオフィシャル修理班として動いているエンジニアは小田切を含めて二名。小田切は四月に異動してきたばかりの百花が知る限りでも、山口、神戸、福岡、倉敷《くらしき》にリペアバッグを担いで出向いていた。

「どうだったよ、札幌」

「いい大会でした、選手がみんな楽しんでいて。それとジュニアに明らかに動きが違う少年が一人いて、そのうち次世代育成強化指定選手になるかもしれません」

「ほー、おまえがそう言うなら有望だな」

小田切と岡本の会話に興味深く耳をすませながら、百花は工場の先輩たちにお土産のお菓子を配って歩いた。元テニス部なので、こういう一番年下の仕事には慣れている。全員に配り終えたあと小田切にも渡そうとすると、手のひらを向けられた。

「俺はいらない。残った分はおまえが持って帰っていい」

じつはこの北海道のお菓子が大好物の百花は「ありがとうございます!」と九十度に頭を下げた。「おおげさな」と眉根をよせた小田切が、思い出したように続けた。

「そういえば、君島選手がチェコオープンで優勝したことは聞いたか?」

百花は驚いて、あわてて首を横に振った。

「どこの大会に出るとかもほとんど教えてくれないし、SNSなんかも一切やってない人なので——あの、チェコオープンのグレードって」

「ITF2。世界ランキング8位のチェン・ナンを破って優勝したのは大きいな。六月前半のフランス遠征も好調だったし、この分だと近いうち9位に上がると思う」

熱い興奮がこみ上げて、百花はお菓子の箱を固く抱きしめた。

五月のワールドチームカップ決勝で日本女子チームは惜しくも強豪国オランダに敗れたものの、初出場にしてめざましい活躍を見せた宝良は、その後も海外遠征で好成績を上げ、ついに世界ランキング10位入りを果たしていた。そして小田切の見立てでは、じきに9位にも上がるという。いよいよ宝良が世界の中でもトップクラスのプレイヤーになりつつあることが、自分のことのようにうれしかった。

　岡本がさっそくクッキーの袋を開け、まるごと口に放りこみながら小田切を見た。

「君島って、ヤマモモのダチのお嬢ちゃんだろ。あの気の強そうな顔した。たいしたもんだな。そのうちグランドスラムも出始めて、パラ代表も決まるんじゃねえか？」

「工場長、昼前に食いすぎないでください。すきっ腹に糖質を取るといっきに血糖値が上がりますから。——グランドスラムは世界ランキング7位以内でなければ本戦にダイレクトインできないのでまだ難しいかもしれませんが、東京パラリンピックは、そうですね。まちがいなく最有力候補ではあると思います」

　東京パラリンピック。思わず声に出してしまうと、小田切がどうしたというようにこっちを見た。百花は自分でもなぜ動揺しているのかわからないまま首を横に振った。

「いえ、あの……代表候補って聞いて、びっくりしちゃって。車いすテニスの東京パラ代表は、二〇二〇年の六月八日付のランキングで選考されるって聞いてたので——」

「そうだな。ただ代表選手、厳密に言うと推薦選手の選考には、まだ条件がある」

　低いがふしぎと聞き取りやすい声で、小田切は説明してくれた。

「車いすテニスのパラリンピック代表は、日本車いすテニス協会《JWTA》が有望選手を推薦して、それをもとに日本パラリンピック委員会《JPC》が代表を決定する。ただJWTAは推薦選手を選出する段階で、世界の車いすテニス団体を統轄する国際テニス連盟《ITF》の指針に従う。そしてITFは、今回の東京パラの出場要件に『ワールドチームカップの出場回数』を挙げてるんだ。『二〇一七年から二〇二〇年のパラリンピックサイクルで二回以上ワールドチームカップに出場していること』『そのうち一回は二〇一九年か二〇二〇年の大会に出場していること』。代表になるためにはこの二つの条件を満たす必要がある」

「……じゃあ、今回のワールドチームカップって、ものすごく重要だったんですね」

「そうだ。パラリンピックの出場要件に関わる今回の二〇一九年ワールドチームカップの出場者に選ばれたということは、東京パラリンピックの代表候補になったと言ってもいい。今回のナショナルチームメンバーのうち、七條玲は二〇一八年のアジアパラ競技大会で優勝してすでに東京パラ代表に内定している。だからナショナルチームの残りの二人、最上涼子と君島宝良が、今のところは東京パラ代表の最有力候補だろうな」

——知らなかった。宝良は、そういうことを、本当に何も教えてくれないから。

「しかしよ、玲も涼子もうちのユーザーだが、君島だけ違うだろ。おまえ、君島のデビュー戦見てすぐにサポート契約しないかって声かけたけどフラれたって言ってたよな」

「今も顔を見るたび声はかけてるんですが、四月のジャパンオープンでも『今の車いすでいいです』と断られました」

「うちのサポート契約っていや選手のほうから売り込みに来るくらいなのにな……どこの車いす使ってんだ？」

「ミヨシの『Ｔ－Ａｃｅ』」

「ふん……ありゃ確かにバランスの取れたいいマシンだからな。けどよ小田切、うちの車いすだって負けちゃいねえと思わねえか？　俺は日本一だって自負してるぜ？」

「何を言ってるんですか工場長。間違えないでください、うちの車いすは世界一です」

次第に車いす談義が白熱してきた岡本と小田切は「飯食いながら語るか！」「飯はもう食いましたが付き合います」と工場の出口に向かった。「おまえもどうだ？」と小田切が誘ってくれたが、百花はお弁当があるのでと断った。就職してひとり暮らしを始めてから、節約のために昼食はいつもおにぎりと簡単なおかずを作ってきている。

スタッフが昼食のために出払った工場で、ひとり残った百花は胸に手を当てた。まちがって硬い小石を呑《の》みこんでしまったような苦しさが、さっきから消えない。

一年後、二〇二〇年の東京パラリンピックに、宝良が出場するかもしれない。

それは心底うれしいことであるはずなのに、どうしてだろう——自分でも予想しなかった激しい焦りに襲われた。

『たーちゃんはパラリンピックにも出るくらいの、最強の車いすテニス選手になって。わたしは、たーちゃんのために最高の車いすを作るから』

あの約束を、宝良はもう実現しようとしている。——でも、わたしは？

わたしは、今、あの約束にどれだけ近づけているんだろう。


車いす製作の工程は、ざっと次のような流れだ。

まずは藤沢製作所と取引のある販売店がユーザーから注文を受け、車いす製作に必要な採寸のほか、ユーザーの障がい箇所やその程度、現在の生活環境やそのほかの要望の聞き取りを行い、注文書を作成する。その注文書が藤沢製作所に送られてきたら、今度は設計担当者がこれをもとに設計図を作成し、車いすの姿を具体化させる。また藤沢製作所は直販にも対応しているので、ユーザーから直接依頼を受けた場合は、藤沢の営業担当が採寸やヒアリングを行う。

この先はいよいよ工場の管轄。まずは設計図をもとに車いすのパイプや部品を切り出し、それらに曲げ加工やプレス加工などを施す。

藤沢では車いすの主材料に軽量性と高剛性をあわせ持った高品質のアルミを使っているが、アルミは曲げ加工のために加熱したあと、温度が下がるにつれて収縮する性質がある。そのため、加工後の部品の寸法や角度がちゃんと設計図の指定どおりになっているか、もう一度各部品を原寸大に刷り出した設計図と照らし合わせなければならない。設計図の指定と差異があればパイプを曲げ直したり、アルミ板を切削するなどの修正加工を行う。第二工場ではこの工程を百花が担当している。

　各部品の仕上げが済んだら、次はそれらをつなぎ合わせる溶接作業。溶接は車いすの仕上がりを左右する最重要工程のひとつで、藤沢ではすべてを手作業で行っている。百花も一応溶接の訓練を受けはしたが、ユーザーに納入する車いすの溶接を担当するのは岡本のような藤沢内でも指折りのエンジニアだ。

　また、熟練の職人にまかされる仕事といえば車いすのシート。ユーザーの身体とほぼ一日じゅう接触するシートは、じつは車いすの心臓とも言えるほど重要な部位だ。だからシートは自分で用意するというユーザーも少なくないし、シートも藤沢で製作する場合は、ベテランスタッフが特注のミシンでひとつひとつ縫製する。

　溶接作業が終わると、次は表面処理。表面処理には腐食を防いだり耐久性を上げる効果もあるが、ここでユーザーは車いすを自分の好きな色に塗装することもできる。藤沢の彩色バリエーションは百色以上と大変豊富で、車いすの仕様はあっさり決まっても色は悩んでしまって決まらない、というお客さんも多い。

　溶接、表面処理が完了すると、いよいよ最終作業の組立てだ。手作業で各パーツを合わせたら、フットレストやキャスター、タイヤやハンドリムなども取り付けて、車いすを真の姿に完成させる。百花が一番愛する工程だ。

　その組立ての作業台の前で、百花は完成したばかりのバスケットボール用車いすをそっとなでた。七月に入った今日は朝から雨が降り続いており、そのせいか工場内もいつもより薄暗い。けれどそんな中でも、車いすの銀色のパイプは美しくかがやいている。生まれたての車いすを見つめながら、ここ数日ずっとそうしているように、またかつての自分の言葉を思い返す。

『たーちゃんはパラリンピックにも出るくらいの、最強の車いすテニス選手になって。わたしは、たーちゃんのために最高の車いすを作るから』

高校生だったあの時の自分は、車いすのことなどまだ何も知らなかった。ただ胸からあふれそうなほどの競技用車いすへの憧れがあるだけで、その車いすがどんな人たちの手によってどんなふうに作られるのか、何もわかっていなかった。

今は違う。今はもうあの時の何十倍も車いすのことを知っている。そして憧れた藤沢製作所の第二工場で、実際に競技用車いすの製作に携わってもいる。

でも今の自分は、あの時に夢見た自分なんだろうか?

確かに日々競技用車いすを作ってはいるが、車いす製作は複数人がそれぞれの工程を分担して行うものだ。今出来上がったばかりのこのバスケ車も。自分は車いすが設計図から完成形になるまでの、ほんの一部の工程を担っているにすぎない。それもたとえば岡本のように経験に裏打ちされた熟練の技を必要とする仕事ではなく、自分に何かあればほかのスタッフがすぐに代わりをできるような作業だけ。もちろん入社からまだ一年ちょっとの下っ端なのだからそれも当たり前だけれど——

今の自分は、あの時なりたかった自分とは、きっと違う。

ついこの前までは、この藤沢製作所第二工場で働けるだけでうれしくて、だからちゃんと考えたことがなかった。自分はこれからここでどうなっていくのだろう？　ずっと部品の照合と組立て作業をやり続けるのだろうか。その仕事自体は大好きだ、でもそれしかできないのだとしたらあの約束にはたどり着けない。でも、それなら、何をすればあの約束を果たせるのか。ここでどんな自分になればいいのか。

わからない。時間はないのに。宝良はもしかしたら、もう来年にもパラリンピックに出るかもしれないのに——

「山路」

「うっ!?　はい！」

低音の声に脊髄反射で背すじを伸ばすと、作業服姿の小田切が、頭一つ分も高い場所から凄《すご》みのある目つきで見下ろしていた。しかも脇には鈍器のように分厚いファイルを抱えている。百花は青ざめて震えあがった。

「今、二回呼んだ」

「すみません、気がつかず……！」

「二度呼んだにもかかわらず気がつかないということは、今おまえは相当注意力が低下した状態にあったということだ。何度も言ったはずだぞ。疲れたり集中力が切れた時は自分の判断できっちり休憩をとれ。絶対に上の空で作業はするな。ミスが起こりやすくなるし、けがもしやすい。それで前にも指やったり足やったりした記憶は消えたのか」

「すみません！　消えてません！」

「ついでにキャンバー、若干だが曲がってる。きっちりジャスト角度まで締めろ」

「すみません！　今すぐ締めます！」

「枕 詞《まくらことば》みたいに謝るな。反省は実作業で示す」

「はい、す——気をつけます。絶対に上の空で作業はしません」

気を引き締めて頷くと、小田切は目つきをやわらげて顎を引いた。小田切は叱る時は本当に怖いのだが、あとには引きずらないのだ。大きなミスをして、もう合わせる顔がないような気持ちで百花が翌日工場に来ても小田切は至っていつも通りで、この先輩エンジニアのそういうところには今までとても救われた。

と、百花は小田切が抱えたファイルから紙が一枚、今にも落ちそうにはみ出していることに気づいた。どうも古い書類がファイリングから外れてしまったらしい。落ちる前にその紙を抜きとってさし出すと「ああ、悪い」と小田切が長い指で受けとった。受け渡す時に、その紙の正体がわかった。

設計図だ。

ぱっと見ただけでは、それが精巧極まりない車いすの始まりの姿だとはわからないだろう。コンパスで書いたような丸や、陸上競技場のトラックにも似た線の羅列が埋める紙面は、まるで地図のようにも見える。それらの図形の並んだ紙面のあちこちに、角度を表す数値や直径を指定する数式などが細かく書きこまれている。

「戸田《とだ》さん、今いいですか」

「お？　どうした、小田切三世」

「その呼び方、次もしたら怒ります。先日の工藤《くどう》さんの車いすの件なんですが――」

小田切はテニス車の溶接をしていたスタッフに近づき、ファイルを指しながら立ち話を始めた。小田切がこうして工場内にいるのは、あまり見ない光景だ。小田切の普段の持ち場は工場の隣の棟にあるガラス張りの小さな部屋。パソコンとデスクがあるだけの簡素なその場所では、小田切を入れて二人のエンジニアが働いている。

道に迷って右往左往していたら、曲がり角からいきなり見晴らしのいい草原に出たような気持ちだった。あるいは、ずっと本棚に立ててあって毎日目にしていたはずの貴重な書物の存在に、いま突然気づいたような。

どうして今まで気づかなかったんだろう。第二工場では一番近くにいたのに。

小田切が答えなんじゃないか。

わたしは、この人のようになるために、藤沢製作所に入ったんじゃないか。

3

藤沢製作所第二工場には『営業設計』という独自の職種が置かれている。その名のとおり、営業と競技用車いすの設計を兼務するポジションだ。

一般的に、販売店やユーザーとの対外的なやり取りを担当する営業と、営業の持ち帰ったデータから車いすを図面化する設計は分業化されていることが多い。実際、百花が最初に配属された第一工場では営業と設計は完全に担当が分けられていた。そのほうが効率がいいし、とくに設計はCADソフトの使用など特殊なスキルが必要だからだ。

しかし競技用車いすを製作する第二工場では、営業設計のエンジニアがユーザーとのやり取りと車いすの設計を兼務する。

競技用車いすは、選手の障がいの程度や残存機能に合わせた細やかな設計が求められる。たとえば脊髄損傷の選手が、まひのために車いす上で座位を保つのが難しい状態であれば、座面に臀部《でんぶ》のほうが低くなるように角度をつけてバックレスト（背もたれ）で上体を抱きとめ、さらにベルトで身体を車いすに固定する、というように。また出来上がった車いすをユーザーに引き渡したからといってそれで終わりではなく、選手のプレースタイルやコンディションの変化に合わせて調整を続けていく必要がある。

さらには大会にオフィシャル修理班として参加する場合、突発的なトラブルにも対応できる知識と技術を持っていなければならない。

つまりユーザーとのやり取りや、大会での車いすの修理メンテナンスに対応するのは営業分野の仕事だが、そこには多分に専門的な知識と技術が求められる。それならいっそ設計担当のエンジニアが営業も兼務すれば、ユーザーとの話し合いをダイレクトに設計につなげられるし、納入後の車いすの調整も自分の設計した車いすなのだから誰よりもわかっているし、修理だってドンと来いじゃないか、ということで営業設計のポジションが第二工場に誕生したのだそうだ。

現在の第二工場営業設計は二名。そのうちの一人が、百花の指導係である小田切だ。

「――それで、どうした?」

翌日、昼休みも終わりかけの頃。百花は工場の外で小田切と向き合っていた。

昼食から戻ってきた小田切に、相談したいことがある、と申し出たのだ。小田切は百花の様子から何か察したらしく、工場の外に出て大きなドラム缶のかげに促した。このドラム缶は中身も空で、安全と衛生のことを考えれば撤去したほうがいいのだが、秘密基地っぽいドラム缶のかげを第二工場のスタッフはみんなひと息つくための隠れ場所として愛しており、誰も撤去を言い出さない。

その錆《さ》びたドラム缶のかげで小田切と向き合ったものの、緊張してなかなか話を切り出せずにいると小田切が嘆息した。腕組みして、切れ長の目を細める。

「言ったはずだぞ。何かやらかしたらすぐに、〇・一秒だってためらわずに報告しろ。すぐに対応すれば大概のことは何とかなる。逆に時間を置けば置くほど傷は深くなる。叱責を恐れて黙っているはずが、じつはそれだけ自分の首を絞めることになるんだ」

「ちがっ、違います！　まだ何もやらかしてないです！」

「……そうなのか？　それなら何だ」

小田切は百花よりも七つ上の二十九歳で「おまえが一番歳《とし》が近いから」という理由で岡本から百花の指導係に任命されたらしい。お世辞にも要領がいいとは言えない後輩の面倒をずっと見てきたせいか、どうも小田切は百花が少しでも変な動きをすると「何かやらかした」と考える節がある。百花が小田切に名前を呼ばれただけで「怒られる！」と震えあがるのと同じ作用だろう。

ただ下っ端の自分とは違い、小田切は第二工場の中核を担う優秀なエンジニアだ。そういう人の時間をもらっているのだから、もじもじしている場合ではない。百花は息を吸いこみ、作業服の裾を小さく握った。

「……仕事のことで、ご相談があります。とても厚かましいことを、言うのですが」

「仕事上の要望や意見なら、それは厚かましいとは言わない。それが受け入れられるかどうかの問題はあるとしても、まずおまえが何かを思っているということ自体はそんな評価をつける必要はないだろう。とりあえず余計なことは考えないで話してみろ」

小田切は、こういうところがとことんフェアなのだ。こう言ってもらった以上、こちらも正直に言うべきだ。百花は意を決して正面から小田切を見た。

「今すぐの話というわけではないんです。でも、もしもわたしが営業設計になりたいと希望したら、それは可能なんでしょうか？」

言葉を切ったあと、言ってしまった、とじわっと汗が浮かんだ。

小田切は数秒沈黙したあと、中立的な表情のまま口を開いた。

「つまり、おまえは、営業設計の仕事がしたいと考えている？」

「……はい」

「そうか。そういえばそういうポジションの希望までは聞いてなかったな。営業設計になりたいというのは、ずっと考えてたのか？」

「ずっと……というか、その、じわじわと……」

じつは昨日突然なりたくなった、とは言いづらく、もぐもぐと口ごもってしまった。

ただ、なりたくなったのは突然でも、今のこの気持ちに嘘はない。

「わたしは、競技用車いすが作りたくて、藤沢に就職しようと思いました」

「そうだな、面接でも聞いた」

「はい。でも面接の時は、すごく漠然と『作りたい』と思ってるだけでした。まだ工程を少し知ってるくらいで、車いすのことをほとんどわかってなかったので。でも藤沢に入って、第二工場に来て、主任のご指導でひと通り研修させてもらって、競技用車いすを作るということがどういうことかよくわかりました。今の仕事をまかせてもらえるようになった時は、すごくうれしかったです。でも——だんだん、主任のような仕事をしたいと思うようになったんです。あの、五月に男性のクライアントが主任を訪ねていらっしゃいましたよね。三國智司《みくにさとし》さんの紹介で」

「ああ——工藤さんか」

新天皇即位の関係で十日間続いた大型連休が明けた五月上旬のことだ。藤沢製作所に車いすユーザーの男性が訪ねてきて、こう言ったのだ。

『三國智司さんから、ご紹介をいただいてきました。小田切さんという方に、テニス用車いすを設計していただきたいんです』

彼の言う三國智司とは、車いすテニス界においては伝説的存在の男子プレイヤーだ。二十歳でアテネパラリンピックに初出場して以来、北京《ペキン》、ロンドン、リオデジャネイロのパラリンピックで金メダル三個と銅メダル二個を獲得。また世界四大大会でも達成することが極めて困難な年間グランドスラムを五回達成。彼が打ち立てた前人未到の連勝記録はいまだ破られておらず、世界の車いすテニスプレイヤーのトップに君臨する彼は『車いすテニス界の帝王』とも呼ばれる。

三國智司は藤沢製作所のサポート選手でもあり、現在彼の車いすに関わる万事を担当しているのが小田切だ。藤沢を訪れた男性は、小田切と対面してこう語ったという。

病気で両下肢がまひしたが、さいわい十分な蓄えはあったから余生を静かにすごそうと思っていた。けれど何か生きがいがほしくなり、そんな時にテレビで車いすテニスの世界王者、三國智司のことを知った。車いすテニスを始めるために財産を投げ打つ覚悟で関東に引っ越し、三國智司が練習拠点とするテニスクラブに入った。そして三國本人から、競技用車いすを作るなら藤沢製作所の小田切という人に相談するといいとアドバイスをもらった。小田切なら最高の車いすを作ってくれるはずだ、と。

百花自身は作業を教えてくれていた小田切が途中で呼び出されて工場を抜けていくのを見ていただけで、そういう話はあとになって工場の先輩たちから教えられたのだが、それでも驚いたし衝撃を受けた。販売店から送られてくる注文書に従って淡々と車いすを製作するだけではなく、こうしてクライアントが車いすを作ってほしいと自らエンジニアを訪ねてくる、そんなこともあるのかと。感動する百花に岡本は「あいつはうちのエースだからな」とちょっと鼻が高そうに言ったものだ。

「そんな主任がなさってるような仕事が、わたしが本当にしたいことだって気づいたんです。クライアントと一緒にその人が必要とする車いすはどんなものか考えて、それを形にして、車いすを作ったあとも関わってケアを続ける。わたしがやりたい『作る』はそういうことだったんじゃないかって、わたしがなりたいのは主任のようなエンジニアなんじゃないかって、主任を見ていて思うようになりました」

がやがやと話し声が聞こえてきた。本社棟の社員食堂で食事を終えたスタッフたちが工場に戻ってきたのだ。その中には岡本もいて、百花と小田切に気づくと「おや？」という顔をしたが、何か察したように黙ってドラム缶の向こうを通りすぎた。

「話はわかった」

小田切が静かに口を開いた。

「ただ、おまえが変に買いかぶってると困るから言うが、営業設計が製造の実作業を行うスタッフより上だとか、すぐれているとかいうことは一切ない。俺や満井《みつい》さんが描いた設計図を、自分の手を動かして、一台一台形にしてくれる工場長たちのような現場のエンジニアがいるからこそ、ユーザーに車いすが提供できるんだ。あの人たちの仕事が正確で丁寧で質が高いからこそ、藤沢の車いすはユーザーに支持される」

「わかってます。それは、ちゃんとわかってます。今まかせてもらっている仕事がどんなに重要かも理解してるつもりです。ただ、わたしが競技用車いすを作りたいと思ったのは、車いすを使う人たちが好きだからなんです。だから主任のようにユーザーと直接関わってサポートする仕事がしたいんです。わたしはそういう形で車いすを――」

「おーい、なっちゃん」

急に朗々と響いたテノール歌手みたいな美声に、百花は言葉を切った。

手を振りながらこちらにやって来るのは、第二工場のもう一人の営業設計、満井だ。四十代後半でぽよんとお腹《なか》がまるい満井は、小田切が新入社員だった頃の指導係なのだという。現在の営業設計のおおざっぱな分担として、小田切は構造が似ているテニス用車いすとバスケ用車いすを担当し、満井は陸上競技用車いすとその他のオーダーメイド車いすを担当している。

「あれ、ヤマモモもいたか。取り込み中？」

「いえ、大丈夫です。どうしました？」

「仕事に支障なかったらでいいんだけどな、三時ごろにナショナルの加東《かとう》選手が打ち合わせに来るから、おまえも同席してくんないか」

「自分がですか？」

「加東さん、二分脊椎《にぶんせきつい》で骨盤が少し傾いててな、今まではそれを座面の角度で矯正してたんだよ。けど加東さんにしてみれば傾いてるのが自然な状態なわけで、そのままそれを生かす方向にしたらもっとパフォーマンス上がるんじゃないかって話になったんだ。そんでおまえ、似たケース担当したことあったよな？　テニスの女王様の――」

「七條さんですか。はい、二年前に」

「その話、聞かせてほしいんだよ。加東さん、自国開催のパラリンピックなんて現役人生の中じゃ二度とないだろうから新記録ぶち上げたいってすこぶる気合い入ってんだ。何とか最速出せる落としどころ見つけたいからさ。頼むわ、なっちゃん」

「わかりました、資料まとめておきます。あと、なっちゃんはやめてください」

満井は「さんきゅう、なっちゃん！」とまぶしい笑顔で小田切の肩をバシバシ叩き、まるいお腹をゆらしながら去っていった。呼び方を改めてもらえない小田切は、叩かれた肩をさすりながらため息をこぼした。

「それで、さっきの話――」

小田切がこちらに向き直った瞬間、自分でもわけがわからないくらいの羞恥が頭のてっぺんまでこみ上げて百花は顔を伏せた。

「いえっ、すみません、やっぱりいいです」

「いい？　いいって何がだ」

「さっきの話は、忘れてください。お忙しいところ、お手間をとらせてすみません」

膝に額が当たる勢いで頭を下げたあと百花は「ちょっとお手洗いに」と早口で言いながらドラム缶のかげから出た。山路、と背後で小田切の声が聞こえたが、ふり返らなかった。頬はまだ火傷《やけど》したように熱いままだ。

今さっき、小田切と満井のわずかなやり取りを聞いただけで、自分がどれだけ身の程知らずのことを口にしたのか思い知った。

先ほどの、三國智司の紹介で小田切を訪ねてきた男性の話には続きがある。

男性とヒアリングを重ねたあと、小田切はオーダーを受理して設計図を描きあげた。藤沢の競技用車いすはオーダーから納車まで六週間かかるので、まだ製作途中の車いすは男性の手に渡っていない。にもかかわらず、さらに二件、男性と同じテニスクラブに所属する選手から車いすを作ってほしいという依頼が入った。男性の話を聞いて藤沢の車いすを使いたいと思ったのだそうだ。その時に岡本に言われたことが胸に残った。

「仕事ってのは、人に集まるもんだからな。そいつがそれまでにやってきた過去の仕事が、次の仕事と人をつれてくるんだ。おまえもそういう仕事ができるやつになれ」

でも自分は今までに何をした？　何もだ。誇れる仕事などまだ何もしていない。

それなのに、小田切のような仕事がしたいなんて。小田切のようになりたい、なんて。たかが三カ月足らず働いただけで競技用車いすのことを知った気になって、いったい何様だ。実際の製作よりもユーザーに関わりたいと偉そうに言いながら、そのじつ本当にユーザーと関わるということがどういうことなのか、彼らをサポートするエンジニアがどれほどの知識と技術とプロ意識をもって職務を果たしているのか、目の前で小田切たちの会話を聞くまで知らなかったくせに。だいたい今自分に与えられている仕事だって、決して完璧にできているわけではないのに。

こんなの、地区大会でまともに戦える力もつけてないくせに、オリンピックに出たいんだと駄々をこねるようなものじゃないか。

あんまり自分が恥ずかしくて、泣きそうだった。


その日は残業もあって帰宅したのは九時近くだった。

百花は短大を卒業するまでは昭島《あきしま》市の実家で暮らしていたが、藤沢製作所への就職を機に会社近くのアパートに引っ越した。共働き家庭で育ったので家事や自炊には慣れていたし、さいわい騒音や隣人とのトラブルに悩むこともなくひとり暮らしを楽しんでいる。最近は会社帰りに近所のジムに寄ってヨガをするのがマイブームだ。けれど今日は変に疲れてしまい、百花はとぼとぼアパートに帰りつくと途中のコンビニで買ってきた夕食代わりのプリンをちびちび食べた。

スプーンを洗い、シャワーを浴びて、パジャマに着がえたあと、肺の底から息を吐きながらベッドに倒れこんだ。うつぶせのまま、だいぶバッテリーの減ってしまったスマートフォンを操作して、もう何度も見た動画を再生する。

『ゲーム君島　6－5《シックス・トゥー・ファイブ》　君島リード』

動画は前回見た時の続きから再生された。二〇一九年ワールドチームカップ、イスラエル大会。ワールドチームカップ運営者によって投稿サイトにアップされた、日本女子チームと世界最強国オランダとの決勝の録画だ。再生されているのはその中でも大激戦となったシングルス2、第2セット終盤の場面。

画面いっぱいに映るブルーのハードコートは白い陽射しに照りつけられ、見ているだけで現地の暑さが伝わってくる。コートを囲むフェンスの向こうには、ヤシの木が葉を伸ばし、世界各国の色とりどりの旗が風にひるがえっている。

画面手前側のコートでベースライン後方に車いすを停《と》め、ハンドリムを握りながら、相手の出方をうかがっているのはオランダのローラ・ギーベル。鷹《たか》のような眼光が印象的なブロンドの美女で、世界ランキング3位の実力者だ。事実、画面下部に表示されたスコアを見ると、第1セットは彼女が『6−4』で取ったことがわかる。

しかしこの第2セットでは、対戦者がギーベルを追いつめていた。対面コートの右《デュース》サイドで黄色の球をバウンドさせている、ポニーテールの君島宝良。『JAPAN』の文字が入った白いサンバイザーをつけた宝良は、日の丸入りの真紅のユニフォームを着ている。甘さのない美貌は戦いの真っただ中でさらに冴《さ》えざえと研ぎ澄まされ、ギーベルを見据える目は肉食獣のそれのように鋭い。第1セットを取られた宝良は、やられた借りは返すとばかりに第2セットでギーベルを猛攻し、そして今、あと1ゲーム取れば第2セットを奪うというところまで格上の相手を追いつめているのだ。

バウンドを終えた宝良が、黄色の球を握り、高くまっすぐなトスを上げた。車いすに座った状態で、上半身を目いっぱい反らせるサーブフォーム。

宝良の腕が鞭《むち》のようにしなり、風を裂いて飛んだ球は、宝良のトスの時点で車いすを走らせとび出したギーベルの脇を鋭い針のように抜き去った。

『15—0《フィフティーン・ラブ》』

宝良のサービスエースを讃《たた》えて拍手が起きる。宝良はサーブを武器にできる選手だ。球種が豊富なうえにコントロールも巧みでパワーもある。

だがギーベルも二度目のエースをゆるしはしない。左サイド《アド》に移って宝良が打ちこんだサーブを、どんぴしゃのタイミングで間合いに入りこみリターン。レフティのギーベルのフォアハンドは強烈で、すさまじい鋭角ショットで叩きこまれた球に、宝良はかろうじてラケットを当てはしたものの球はネットにかかって落ちた。

『15—15《フィフティーン・オール》』

そこから両者は一歩も譲らず、取っては取られ、取られては取り返す、緊迫のストロークが続いた。決まるに違いないと思われた球が何度も拾われ、打ち返され、きわどいショットが応酬される。一瞬も気を抜けない、殴り合いのようなラリー。

きっとこの試合で初めて車いすテニスを見る人間は、そのスピードとパワーとスケールに驚くだろう。

車いすテニスの選手には例外なく障がいがある。この試合に出ているギーベルも先天的に左の腿《もも》から先が欠損しており、宝良は脊髄損傷の後遺症でへそから下の下肢を自力で動かすことができない。だから彼らは足の代わりに車いすを使い、テニスをする。

しかし車いすでテニスをすると言葉にすれば簡単に響くそれが、実はどれほど高度な技術であるか。片手にラケットを握りながらハンドリムを操作して車いすを走らせる、それだけでも難しいのに、彼らは車いすにまで神経が通っているような自由自在のチェアワークでコートを駆け、互いの隙を突いて球を打ち合うのだ。その応酬のスピードも一般テニスとほぼ変わらず、むしろ「ツーバウンドまでの返球を認める」という車いすテニス独自のルールがあるために、選手たちの動きは時に一般テニスをしのぐほどダイナミックになる。球を追ってフェンスに衝突しかけることもあるほどだ。

『デュース』

一度は宝良がセットポイントを握ったものの、ギーベルが絶妙のコントロールで左サイドコーナーを撃ち抜き、何度目かのデュースがコールされた。この時点で宝良とギーベルのシングルス2は試合時間一時間半を超えている。すさまじい接戦だ。

再び右サイドに移った宝良が、上体をしならせてサーブを打った。エース級の直球高速サーブ。だがもうその手は食わないとばかりにギーベルがバックハンドでリターン。ネットをかすめて飛ぶ低い速球だ。何度も見ているはずなのに、百花はこのシーンでいつも胃に氷を押しつけられたような気持ちになる。だが宝良はすばやいチェアワークで球に追いつき、ラケットを振った。

しかしそれまでの緊迫感を裏切るように、球はふわっと宙を舞った。

ドロップショット。

間髪入れずにギーベルが車いすを疾駆させてボールを追う。猛然と車いすを走らせるギーベルのスピードはすさまじく、通常の球であれば追いついただろう。だが逆回転のかけられた宝良のボールはギーベル側コートの前方に落ちると、ほとんど弾むことなくあっという間にツーバウンドを終えて転がった。

『アドバンテージ君島』

左サイドへ移動した宝良は、あと1ポイントでこのセットを取れるという場面でも、静かに張りつめた表情を崩さない。ジンクスのようにいつも行っている三度のバウンドを済ませると、上体を反らせながら高くまっすぐなトスを上げ、サーブを打つ。

鋭くサービスコートのセンターを突いたサーブを、ギーベルは読んでいた。すぐさま間合いに入り、完璧な角度でボールを捉える。そして逆クロスへ高速リターン。

しかしそこへ宝良が疾風のように回りこむ。そしてラケットを振り抜いた。

サイドラインをなぞるように飛ぶ速球。非の打ちどころのないダウン・ザ・ライン《ストレート》。

『ゲーム・アンド・セカンドセット君島　7－5《セブン・トゥー・ファイブ》』

歓声と拍手、思わずといったようにラケットの先でコートを打つギーベル。

それまで決して表情を崩さなかった宝良が、こぶしを突き上げ、天に吼《ほ》える。

そこで百花は映像を停止させた。この後、第3セット《ファイナル》までもつれこんだ試合は最終的にギーベルの勝利で終わるのだが、宝良は試合終了のコールまで一瞬たりとも攻めの姿勢を崩さなかった。闘争心を剥き出しにコートを駆けまわる姿は野生の獣さながらで、目を離せない。一球を打つごとに命を燃やすような宝良のプレーは見る者を魅了する。宝良にはそんな情熱的な華がある。

百花は動画を消して、代わりにとあるサイトにアクセスした。『東京２０２０パラリンピック』――あと約一年二カ月後に迫ったパラリンピックのチケット販売サイトだ。東京パラリンピックのチケット販売開始は八月下旬と告知されていた。まだ購入はできないが、百花は必ずチケットを手に入れるつもりですでにＩＤ登録も済ませていた。もちろん宝良がパラリンピック代表になるかどうかはわからない。しかしなるかもしれない、なるはずだと強い願いを込めて、その時に備えていた。

それなのに――またあの焦りがぶり返して、百花は腕で目もとを覆った。

自分が考えていたよりも、宝良はずっと早く高みに上っていた。東京パラリンピック代表最有力候補。競技用車いすを通じて多くの選手と関わってきた小田切がそう明言するほどの選手に、宝良はもうなっている。

それはうれしい。うれしくないわけがない。大好きな親友だ。誰よりも宝良の活躍を願ってきた。ついにここまで来たのだと思うと、心からうれしい。

でもそれとは別に自分だけ置いて行かれるような不安が消えない。宝良の駆けていくスピードがあまりに速すぎて、追いつけなくなるのではないかと焦燥に襲われる。

『たーちゃんはパラリンピックにも出るくらいの、最強の車いすテニス選手になって。わたしは、たーちゃんのために最高の車いすを作るから』

約束したのは、わたしなのに。

第二章

1

百花と君島宝良の出会いは、中学二年の春だった。百花にとって中学校は小学校から続く暗黒時代だったが、宝良はさながらそこに射しこんだ一条の光だった。もっともその光は救いというには強烈すぎる、目を焼くような閃光《せんこう》だったが。

「さっさと死ねよモモ豚」

忘れもしない出会いの日、百花は体育館裏でそんな罵声を浴びながら蹴られていた。蹴っていた相手は小学校からの同級生の女子三人組だ。

豚と呼ばれるのは、当時の百花が標準体重よりも大幅に太っていたからだ。けれども「死ね」と言われるほどなぜ彼女たちに憎まれていたのか、今になってもわからない。わかるのは彼女たちが自分を気に食わなかったということと、自分が苦しめば苦しむほど彼女たちはうれしそうだったことだけだ。

「あんたのこと見るとストレス溜《た》まるんだよね。ほんと迷惑なんだけど」

「消えてほしいわ、ほんと」

百花は笑われれば笑われるほど自分がしょうもない、価値もない、生きる意味もないゴミ屑《くず》になったような気がして本当に彼女たちの言うとおり消えたくなった。したたか腹を蹴られた時、今ここで大量に血を吐いて絶命したら、彼女たちは少しでも後悔するだろうか、とうずくまりながら思った。

「ねえ、あんたって生きてんの恥ずかしくないの？　ブスだしデブだしグズだしクズだし。あたしがあんただったら無理だわ。恥ずかしくてほんと無理」

顔に泥をぶつけられるような言葉を次々と浴びせられて、そうかもしれない、死んだほうがいいのかもしれない、とぼんやり思った時、その声は聞こえたのだ。

「なんで黙ってるのよ」

冬の風のように凛《りん》とした声を追って、三人組と百花は同時にふり向いた。そして大きな黒いバッグを肩にかけて仁王立ちする、ポニーテールに学校指定ジャージ姿の少女を発見した。言うまでもなく、それが当時中学二年の君島宝良だった。

「は？　なに？　誰だよおまえ」

「……あれ、二組の君島じゃん？」

「あー、ぼっちのやつ？」

三人組が口々に凄《すご》んだり眉をひそめたり嘲笑したりする間に、宝良は肩にかけていた大型のバッグを地面に下ろした。宝良がファスナーを開けたバッグからテニスラケットをとり出した時、初めて百花はそれがラケットバッグなのだと知った。宝良はラケットに続いて黄色の硬式テニスボールを二個とり出した。百花たちの通う中学校にはソフトテニス部しかなかったというのに。

そこからの宝良の動きは、もう十年近くが経《た》つというのに今でもあざやかに瞳の奥に焼き付いている。

まず宝良は左手に持ったボールを三回、不敵に地面でバウンドさせた。そしてやおらそのボールを宙に高々と放り投げたかと思うと、くっと軽く両膝を曲げた。宙に放られたボールが上昇から下降に転じた刹那、力をためた両膝とラケットを握った右腕と彼女の全身がひとつながりの鞭《むち》のようにしなり、力の流れが集結したラケットの中心が球を捉えた。ほんの一瞬の、しかし目に焼きつく美しいフォーム。

パァン、と高く響き渡った打球音とともにボールは弾丸のように飛んで女子三人組のリーダー格の足もとの地面を打った。接地して勢いよく跳ねたボールはすさまじい音を立てて体育館の壁にぶち当たり、地面にはくっきりと球の跡が残った。

彼女たちは凍りついていた。無理もない。いきなり飛び道具で攻撃されたのだ。それでもさすがというべきか、リーダー格がいち早く放心から立ち直った。

「ちょっと、あんた何――」

すかさず宝良が二本目のサーブを打った。信じられないことにボールは一本目よりもさらに速く鋭くリーダー格の足もとを打った。もはや抉《えぐ》ったと言っていい。リーダー格は足もとに銃弾を撃ちこまれたかのように硬直した。

棒立ちになる三人組に、宝良は無言でラケットの先を向けた。まるで「次は当てる」と宣言するかのように。そして宝良がさらにボールを二つとり出し、またサーブの構えをとると、三人組はいっきにパニックにおちいった。

「やっ、こいつ頭おかしい……！」

「テニス部の先生に言ってやるからっ！」

「え、でも確かあいつ、テニス部じゃなかった気が……！」

バタバタと走り去る三人組の後ろ姿を、百花は放心したままながめていた。それから宝良を見た。剣のようにラケットを握り、まっすぐに立つ宝良は、まるで戦いの女神のように強くて、まぶしくて、美しかった。

「あ、あの、ありが――」

立ち上がりながらお礼を言おうとした刹那、黄色の球が銃弾の速さで足もとをかすめて背後の体育館の壁に激突した。百花は立ち上がりかけの変な恰好《かっこう》のまま固まった。

仁王立ちする宝良は無言でこちらを見ていた。いたわりも、なぐさめも、憐憫《れんびん》も一片もない、燃えるような怒りに満ちた目で。

「ああいうくだらないことばっかりやってるやつらも大嫌いだけど」

低い声で言いながら宝良は目を細めた。

「あんたみたいな自分で戦おうとしないやつは、反吐《へど》が出るほど嫌いなの」

中学生とは思えない眼光でにらみつけてから、宝良は百花の脇をすり抜けてボールを拾い集めた。ラケットと一緒にボールを大きなバッグにしまうと、グイと肩に担ぎあげ、ばねの利いた足どりで去っていった。その間、百花は立ちつくしたまま一ミリも動くことができなかった。

あのあと宝良に恐れをなしたままだったら、たぶん宝良と友人になることはなかっただろう。実際、衝撃の出会いから二、三日は宝良が恐ろしくてたまらず、校内で姿を見かけた瞬間に物かげに隠れていた百花である。

でも同時に、宝良のことが気になって仕方なかった。朝から晩まで宝良の顔が頭から離れなくて、まるで深刻な片想《かたおも》いのようだった。実際、中学の三年間を通してほんのり恋心を抱いていた野球部の山本くんよりも、高校の委員会が一緒で好きかもしれないと思っていた近藤くんよりも、宝良に対する気持ちのほうがずっと強烈だった。

「いい加減にしてよ！」

再び宝良にあの強烈な眼光でにらみつけられたのは、衝撃の出会いから一週間が経った頃だ。その頃の百花は宝良に話しかけたいもののクラスも違うし、勇気も出ないし、どうしようもない気持ちを持て余して宝良を見つけるとひたすら尾行していた。そして宝良がトイレに入ったのを見て自分もあとに続くと、しばらくして水を流す音と一緒にドアを叩きつける勢いで開けた宝良が「いい加減にしてよ！」とたまりかねたように怒鳴ったのだ。「ストーカーかよっ」とも。

「何なの。文句があるならはっきり言えば？」

文句ではないが、彼女に言いたいことがあった。訊《き》きたいことがあった。百花は倒れてしまいそうな気持ちを必死に奮い立たせて、声を絞り出した。

「ど……どうしたら、君島さんみたいになれますか？　わたし、どうしたら――」

声は情けないほど震えて、話し終わる前にぼろぼろ涙があふれてきた。

あんたみたいなやつが反吐が出るほど嫌いだ、と宝良は言った。そうだ。本当はわたしだって、こんなわたしは大嫌いだ。

デブでブスでグズでクズの、自分で戦う勇気もない、自分の尊厳を守る気概もない、いつもうつむいて何も起きずに時間が過ぎることを必死に祈ってばかりいる、情けなくてみっともない自分が反吐が出るほど嫌だ。

宝良のようになりたい。彼女のようにとまではいかなくても、強くなりたい。せめてまっすぐに顔を上げて自分の足で立てるくらい。その方法を教えてほしかった。

宝良はまったく予想外のことを言われたという表情で、長いこと口をつぐんでいた。敵意の消えた目をまたたかせて「どうしたらって……」と呟《つぶや》いた。

「まず、減量じゃないの」

「うっ！」

「それからトレーニング。私、毎日十キロは走ってるけど」

「ううっ！」

「でもあとは、テニスしかやってない。私、それしかないから」

それしかない、と言った宝良の声はひどく静かで、百花は濡《ぬ》れた目をしばたたいた。

「テニス……」

「そう」

「でも君島さん、テニス部じゃないよね。科学部に籍だけ置いてる幽霊部員だよね」

「どんだけストーカーしてるの……だって学校のはソフトテニス部でしょ。中学ってどこも大体そうだけど。私がやりたいのは硬式テニスだから、テニスクラブに通ってる」

当時の百花はテニスに軟式と硬式があることすらよくわかっておらず、曖昧に頷くのが精いっぱいだった。宝良のテニスの腕前が想像をはるかに超えていて、この年の全国選抜ジュニア選手権十四歳以下ではベスト8の成績を残したこともだいぶあとになって知った。そんな宝良の実力を知らなかったのは、それほどの成績を取っていたわりに、学校ではまったく話題にならなかったせいもある。

何かの大会でそれなりの成績を残したなら全校朝会なんかで表彰されるのが普通だし、

実際教師たちも宝良が全国レベルの大会で上位の成績を残したと知ると、ぜひ表彰しようと打診してきたそうだ。しかし宝良本人がにべもなく断った。どうしてだ、君の活躍をみんなに知ってもらおうと食い下がる教師に、宝良はこう答えたらしい。

「嫌だから嫌です、それだけです。練習してきたのも試合で戦ったのも私なんだから、先生にとやかく言われる筋合いはないです」

この時に相手の教師がどんな反応をしたか宝良は話さなかったが、きっと何とも言えない顔をしたんだろうなぁと百花は想像している。

「どうして表彰されるの、そんなに嫌なの？　君島さんがすごくテニス上手だってこと、みんなに知ってもらえるよ。きっとみんな『すごい』って騒ぐのに」

「私くらいのプレイヤーなんていくらだっているし、大会だって決勝にも行けなかったんだからすごくなんかない。それに知ってる人が増えれば、必ず何か言ってくるやつも出てきて、そういうの面倒くさいから」

つまりは過去にそんな面倒くさい思いを宝良は味わったのだろうか、と多摩川沿いの草むらに倒れこんだ百花は夕暮れの空を見上げながら思った。日課の十キロランニングをする宝良にくっついて死ぬ思いで走り、休憩しているところだった。宝良は最初どこにでもつきまとう百花を迷惑そうに見ていたが、次第に何も言わなくなり、完走したあとの休憩にも付き合ってくれるようになった。

「それに、テニスは私にとって一番大事なものだから。大事なもののことは、大事な人だけ知っててくれたらいい。『みんな』なんて、そんなどこの誰なのかわかんないような人間のこと、どうでもいいよ」

「……たーちゃんは、かっこいいなぁ」

「何その激しく変な呼び方」

「う！　ごめんなさい、ほんの出来心で……！」

「別にどうでもいいけど」

　ぶっきらぼうに言った宝良は草むらから起き上がり、今しがた十キロを完走したばかりとは思えない速度で来た道をまた走り出した。「ま、待って、待って……！」と百花は息も絶えだえになりながらあとを追いかけた。このようなトレーニングのおかげで中学三年に進級する頃には百花の体重は標準をやや下回るくらいになり、ついでに筋力強化の成果で体育の成績もかなり上がり、それにともなって同級生からの暴言や暴力はなくなった。なんだかんだと文句を言いつつも、宝良がよく行動を共にしてくれるようになったことも大きかったのだろう。

　宝良が初めて「モモ」と呼んでくれたのは、中学三年のクラス替えの発表を一緒に見にいった時だ。「モモ、同じクラスだよ」と宝良が言った。それがとってもうれしくて、うれしすぎて日記にしっかり書き残したので日付と曜日まで覚えている。

いた。高校は通学に便利な市内の都立高に行くということを、宝良は早いうちから宣言して いた。宝良は勉強の成績もよかったし、中学三年間を通して残してきたテニスの成績でスポーツ推薦が受けられるそうだった。問題だったのは百花だ。「健康でいてくれればそれでいいさ」というのんびりした両親のもとで運動も勉強もぱっとしないまま生きてきたが、宝良がめざす高校はそれなりの進学校だったので、宝良を追いかけるにはだいぶ勉強しなければならなかった。正直に言って血反吐の味がする日々だったが、宝良と離れたくない一心で猛勉強し、その甲斐《かい》あって、なんとか試験に合格した。

「たーちゃん、ある、ある、わたしの番号ある！　わたしにだけ見える幻じゃないよね!?」

「あるし、見えてるから、引っぱんないで」

合格発表の日の朝、文句を言いつつも宝良は高校の掲示板を見に行くのに一緒についてきてくれた。うれしさと安堵のあまり百花がベソをかき出すと、宝良はドン引きした表情で後ずさったが、しょうがないなというように苦笑した。

「ほんとにばかだね、モモは」

宝良が初めて見せてくれたやさしい笑顔は、今も胸の奥で記念写真になっている。

高校に入学してすぐに百花と宝良はテニス部に入部届を出したが、その後の活動内容は明確に分かれた。宝良は一年生ながらも即戦力として先輩たちと毎日コートに入り、百花はそのコートの周りで部活の終わりまでボールを拾った。

確かあれは、高校総体の都大会を控えた四月後半の頃だったと思う。夜七時をまわっても空はまだ薄明るく、西の方角に沈んだ夕陽の残光が見えていた。やっと部活が終わって、くたくたになりながら宝良と一緒に校門を出た百花は、それに気づいた。

「たーちゃん……それ、どうしたの？」

宝良が中学の時から使っている黒のラケットバッグ。青く染め抜かれたメーカーロゴの部分が、大きく破けていたのだ。まるで——刃物で裂いたみたいに。

「片付けして更衣室に戻ったら、こうなってた」

宝良は素っ気なく言ったが、百花は絶句した。つまり誰かが意図的に宝良の持ち物を傷つけたのだ。しかも更衣室に入ることができる、おそらくは同じ部の人間が。

宝良は新入部員ながら誰が見ても明らかなほど実力が抜きん出ており、一年生にして団体戦に出場することが決まっていた。百花はそんな宝良の活躍を鼻を高くして見ていたが、一方でそんな宝良を快く思わない部員が少なからずいることも感じていた。宝良がテニス部とテニスクラブを掛け持ちして、週の半分は部活を休んでクラブのほうに行くことも反感を買う原因になっていたかもしれない。「なんであいつ部活出ないくせに大会出れんの？」と先輩たちが吐き捨てるように話しているのを聞いて、百花も胸が苦しくなったことがある。

でもこれはあまりに——宝良に向けられた生々しい悪意の形に声も出せずにいると、宝良は百花の表情を見てとって仕方なさそうに嘆息した。

「気にしなくていいよ、こんなの何でもないから。こんなの気にするひま、ないから」

宝良は、少なくとも百花の目に見える限りは、本当に気にしている様子はなかった。切り裂かれたラケットバッグや、敵意を向ける同年代の少女たちもすり抜けて、いつも宝良はずっと遠くを見つめていた。

部活のあとはお腹がすいて仕方ないので、百花と宝良はよく帰り道にたい焼きを買って川べりで食べた。宝良にくっついて恐怖の十キロランニングをしたあと、死にそうになって休憩していたあの場所だ。その日も行きつけの小さな和菓子店でたい焼きを買った百花は、宝良と並んで草むらに体育座りをした。仄《ほの》かな明るさを残す空と、たい焼きをかじる宝良をながめて、今まで何となく感じていたことを初めて訊いた。

「たーちゃんは、将来テニスのプロになりたいの？」

答えが返るまでの沈黙は長かった。わかんない、と宝良は呟いた。

「クラブのコーチとかも口そろえて言うけど、プロの世界って本当の本当に厳しいし。そもそもプロになるような人ってジュニアの頃から海外に出たりして経験積んでるけど、うちはそんな余裕ないし。もちろん経験がなくたってテニスが強かったら世界でもやってけるだろうけど、私くらいの力でテニスで生きていけるのかは、正直自信ない」

でも、と宝良は小さな秘密をうち明けるように、そっとささやいた。

「テニスが、私が生きてくのに必要だってことだけはわかってるの。だから、どんな形でもいいから、死ぬまでテニスをするのが私の夢。そのために今はとにかく強くなりたい。強くなればそれだけ選べる道も増えるはずだから」

だから宝良はよそ見をしない。たとえ脇から石ころをぶつけられても、ぶつけた相手をふり向くことすらせず、ただ未来を見つめて走り続ける。百花は夕空を仰ぎ、そっと息をついた。——本当になんて、かっこいいんだろう。

「じゃあわたし、たーちゃんの応援するよ。たーちゃんの専属応援団長になる」

「いや、応援よりあんたは自分の練習しなよ。今のままじゃ試合出らんないよ」

「う、うーん、まあそれはそれですな……」

正直に言うと、百花がテニス部に入ったのは宝良の活躍を間近で見たかったからだ。あり得ないことではあるが宝良がもし水泳部に入れば水泳部に、手芸部に入れば手芸部にためらいなく入っただろう。テニスは楽しいし好きだったが、たとえば部内の試合で敗《ま》けてもくやしさは湧かなくて、つまり自分はそこまでなんだと自覚していた。

その代わり、応援だけは誰よりもがんばった。都大会で団体戦は敗けてしまったが、宝良は個人シングルスでベスト8に入った。ジュニアの世界大会で活躍する選手も出場するなか、三回戦、四回戦と勝ち進んでいく宝良の快進撃に部員たちは大興奮だった。

百花は会場で魂をふり絞って声援を送り、そのすさまじい大声に恐れをなした部員から「生体拡声器モモカ」というあだ名をつけられた。それは何事においてもみそっかすだった自分が生まれて初めて獲得した称号で、百花はいたく気に入った。それでますます張り切って声を張り上げると、コートでプレー中の宝良もさすがに辟易《へきえき》した顔でふり返って、してやったりという気持ちになった。

宝良が目の覚める成績を示したことで、先輩たちの宝良への風当たりもいくらかやわらいだ。気に食わないけど実力は認める、という感じだ。再び部に平和が戻り、やがて翌年。高校二年に進級した宝良は、個人シングルスでインターハイ出場を決めた。この年の全国高校総体の開催地は南関東で、テニス大会の会場は日本テニスの聖地、有明《ありあけ》テニスの森だった。もちろん百花も部員たちと一緒に会場に駆けつけ、八月の肌を焼く陽射しの下、喉がガラガラになるまで宝良を応援した。

宝良は二回戦で敗退したが、出場すること自体がすごいインターハイだ、夏休みが明けると宝良は全校朝会で校長先生から表彰された。でもステージ上の宝良は愛想のかけらもなく、見ている百花がハラハラするほど不機嫌だった。

「『おめでとう』って何がよ。負けたんだよこっちは。二回戦なんてしょぼいとこで」

「たーちゃん、またそれ……しょうがないよ。相手、世界の大会にも出てる人だったし」

「しょうがなくない。同じ高校生で同じ道具使って同じ競技してるんだから、しょうがないなんてことはなかった。単に私が弱かったたってだけ」

　まったく宝良はどうしようもない負けず嫌いで、インターハイが終わってから一カ月が経つ頃にもまだ敗北をくやしがっていた。川べりの草むらでたい焼きをかじっていた百花はため息をつき、負けず嫌いの親友に人さし指を向けた。

「だったら、たーちゃん。来年またインターハイに出て、今度は優勝しちゃおうよ」

　これにはさすがに宝良も若干ひるんだ顔をして、それからしかめ面になった。

「優勝ってね。インターハイの優勝がどれだけ難しいかわかってんの？」

「わかってるけど、でも同じ高校生で同じ道具使って同じ競技するんでしょ？　だったら無理じゃないよ。そうでしょ？」

　一本とられた宝良は、むっつりと黙りこんでそっぽを向きながらたい焼きをかじった。百花は笑ってそんな親友をながめ、でも半分は本気で宝良だったらできるんじゃないかと思っていた。自分たちの手にはまっさらな時間がまだたくさんあり、宝良は目的地へ突き進む戦士の強さを持っている。だから全身で願い、努力すれば、どんなにすごいことだって実現できるのではないか。宝良ならきっと。

　いま自分がしあわせだと気づかないほど当たり前に毎日がしあわせで、自分たちを待つ未来は明るく光にあふれていると信じて疑わなかった。ずっと続くと思っていたのだ、こんな幸福な日々が。

きっと、宝良自身も。

宝良が翌年のインターハイに出ることはなかった。

高校二年の秋、十月初旬のことだ。

宝良が帰宅途中にトラックに撥《は》ねられた時、百花は気の早いインフルエンザにかかって寝込んでいた。あの日、もし自分がいつも通りに学校に行って、いつも通りに宝良と一緒に帰っていたら、宝良は今でも自分の足で歩いていたのだろうか。何百万回も考えたことだが、今でも、わからない。

とにかくたっぷり一週間寝込み、大事をとって週の残りも自宅で休んで翌週の月曜日に高校に行くと、いつもならテニス部の朝練のためにとっくに登校しているはずの宝良の席に通学バッグがかかっていなかった。あれ、とその時は思った。

次に何かがおかしいと感じたのは、宝良が姿を現さないままホームルームが始まった時だった。通常、担任はクラス内の誰かが欠席する場合は簡単にその理由を話す。それなのに担任は出席確認の時、その場にいない宝良のことには何もふれず、翌週の模試のことや進路調査票の提出についてだけ話し、教室を出ていった。

「ねえ、たーちゃんって、今日学校で見た？　風邪《かぜ》ひいたとか何か聞いてる？」

授業が始まるまでの空き時間に、百花は同じテニス部のクラスメイトに話しかけた。

睡眠と食事と学校以外はテニス漬けで、筋金入りの連絡不精の宝良だが、さすがに体調を崩して学校を休む時くらいは百花に連絡を入れる。けれどそれがなかったので宝良が教室にいない理由がわからないし、しかもクラスの誰もそれをふしぎがっていない理由がさっぱりわからなかった。

クラスメイトは顔をこわばらせた。ひどいショックを受けたみたいに。

「うそ……モモカ、聞いてないの？」

「……何を？」

「だってあんた、君島さんと一番仲いいから、もうとっくに知ってるんだって――」

「あの、待って……何？　たーちゃん、どうしたの？」

「事故にあったんだよ。学校出たところの交差点、あそこでトラックに撥ねられたんだって。あんたがインフルにかかって学校休んだ次の日。命は大丈夫らしいけど、けが、かなりひどいらしくて、病院に行っても会えないって先生が言ってて……」

キィーと機械音じみた耳鳴りがした。耳の穴に綿でも詰めたように音がよく聞こえなくなって、クラスメイトが続ける言葉もほとんど聞き取ることができなかった。

宝良の事故はローカルニュースや地方紙でも報道されていた。けれど高熱と全身の関節痛に苦しんでいた百花はテレビも新聞もまったく見ていなかったし、共働きの両親も仕事に娘の看病まで加わって、外の出来事に注意を払う余裕がなかった。宝良の事故のことを知った友人たちも友人たちで、身近に起きたあまりに深刻な出来事に動揺し、しかも百花はインフルエンザにかかっている最中とあって、具合が悪い時に知らせることじゃないだろう、それにきっとほかの誰かが知らせるだろう、とそれぞれが思いこんで結果誰も百花には知らせなかったらしい。

とにかく宝良が事故にあったと聞かされてもすぐには理解が追いつかず、百花はとりあえず『インフルエンザ治りました。たーちゃんは大丈夫？』という今思えばまったく馬鹿げたメールを送った。返事はなかった。一時間目も、二時間目も、授業中はずっと上の空で、黒板の前に立った先生が何をしゃべっているか全然わからなかった。

こんなことをしてる場合じゃない、とやっと気づいたのは三時間目の授業中だ。チャイムが鳴るなり百花は職員室に走った。書類やファイルが雑多に積まれた席に座る担任は、百花を見るとそれだけで察したように表情を沈ませた。

「いや……山路もインフルエンザで具合が悪いだろうし、てっきり友達の誰かから連絡が行ってるだろうと思ってな……」

最初にそんな言い訳めいたことを言ってから、担任は小さく息を吐いた。

「君島はN病院に入院してる。一時はちょっと危なかったんだが、今はもう大丈夫だ。もちろん大けがしてるから動けないけど、意識は戻って普通に話もしてるそうだから」

「N病院の何号室ですか？　たーちゃ……君島さんに会いたいんです」

「そういうのな、今は本人や保護者の同意がないと教えられないんだよ。病院に行っても同じことを言われると思う。山路は、君島に連絡入れてみたのか？」

百花は小さく頷いた。あのメールのあと、電話も何回もかけた。けれどやはり宝良から応答はなかった。もしかして想像以上に容体が深刻なんじゃないかと不安でいっぱいだったのだが、担任によれば宝良はひとまず話はできる状態らしい。それでも、やっぱりまだ本調子ではなくて、メールを返したり電話に出たりするのは難しいのだろうか。だってそうでなければ、宝良は百花の連絡を無視していることになる。

「君島から返事がないなら、まだ友達に会ったりする余裕がないってことなんじゃないかな。身体のこともそうだし、その……今後のことをゆっくり考えたりも、しなくちゃいけないだろうし」

今後のこと、と担任が口にした言葉に妙な響きを感じて、百花は眉をよせた。

「でも心配だし、やっぱり顔が見たいんです」

「うん……じゃあ先生、今日も君島のお母さんに様子を訊いてみるつもりだったから、その時に山路が君島に会いたがってることを伝えるよ。お母さんから君島に話してもらって、君島が山路に会っても大丈夫な状態になったら連絡してもらおう。とにかく今は今後のこともあるし、少し時間をおいて君島を休ませてやったほうがいいと思うんだ。だから山路も焦らないで、待っててやれ」

混乱した状態で、百花は職員室を出た。まるで宝良が百花に会いたがらないというような言い方は何だろう。「会っても大丈夫な状態になったら」って、その変な言い方は何だろう。それに、くり返していた「今後のこと」って？

今後のこと。将来のこと。

宝良のそれは、もう決まっている。テニスプレイヤー。宝良がそれ以外の自分を望むはずなどないのに。

その日、帰宅したあとでまた宝良にメールを送った。電話もかけた。それでもやはり返事はなかった。翌朝は登校するなり担任のところに直行して、宝良や宝良の母親から見舞いの許可は出たか訊ねたが「お母さんが言うには『今は取りこんでるからそっとしておいてほしい』ってことだった」と言われた。百花はかろうじて頷いたが、ショックは隠せなかった。会いたくない、と言われたのだ。宝良に。

状況がわからないまま、気を揉むしかない毎日をくり返して、一週間が過ぎ、半月が過ぎ、一カ月が過ぎた。その間に何度も電話やメールをしたが、宝良からの返事はなく、担任を通して会いたいと伝えても、結果はいつも同じだった。

秋の終わりが冬の始まりに変わる頃には、クラスメイトたちは、宝良のいない風景にすっかり慣れてしまったように見えた。三年生が引退して二年生と一年生だけになったテニス部でも、最初は誰もが宝良を心配する言葉を口にしていたのに、その頃には宝良の話が出ることも稀《まれ》になっていた。

宝良の母親から担任を通じて『顔を見に来てあげてください』と声をかけられたのは十二月の下旬、冬休みの直前だった。すでに宝良の事故から二カ月半が経っていた。とっさに声が出ないくらいうれしくて、職員室をとび出そうとした百花を「ちょっと来てくれ」と担任は進路指導室につれて行った。いい話はされないということは重々しい担任の表情からわかった。

「山路が君島に会う前に、話しておきたいことがあるんだ。クラスのみんなにもおいおい伝えないといけないけど、山路は君島と仲がいいから、まず知っておいてくれ」

そんな前置きをされてますます緊張しながら、百花は小さく頷いた。

「君島は、事故のせいで脊髄を損傷して、今は自分で足を動かせない状態だ。つまり、歩けないから、これからは車いすを使っての生活になる。ある程度自分のことは自分でできるようになるための自立訓練というのを病院で受けていて、君島が退院して学校に通えるようになるにはまだ何カ月か必要だと思う。だから……今日会いに行く時は、覚悟といったらおかしいけど、そういうことを心に留めておいてくれ。君島も必死に自分に向き合おうとしてる最中だから、山路も受け入れてやってほしい」

たぶん前もって話す内容を用意していたのだろう、先生の話はなめらかだった。いきなり知らされた事実に頭も心も追いつかないうちに「あとな」と先生は続けた。

「じつは先生たちも君島が学校に復帰するための準備を始めてるんだが、君島が帰ってきた時、やっぱり山路がそばにいてくれたほうが君島も安心すると思うんだ。三年生になる時にクラス替えがあるけど、こういう事情だから、山路は君島と同じクラスになってもらったらいいんじゃないかと思う。山路、どうだ？　それでいいか？」

百花は小さな頃から先生という存在に緊張感があって、どうだ？　と訊ねられると、反射的に相手が望むように頷いたり首を横に振ったりしてしまうところがあった。だからその時もとっさに頷いてしまった。本当に自分がそうしたいのか、何事も自分の意志で決める宝良がそんな先回りを望むのか、よく考えるひまさえなく。

その日、嫌な夢の中を歩いているような感覚で市内の病院に向かった。宝良は最初に運びこまれた病院ではなく、回復期の患者のためのリハビリ病院に転院していた。

「……山路百花さん？」

病院のロビーで待っていると、宝良の母親、紗栄子《さえこ》が現れた。宝良は両親が離婚していて現在は母親と二人で暮らしている。宝良は母親のことをあまり話したがらず、百花は紗栄子が看護師をしていることくらいしか知らなかったが、その日初めて会った紗栄子は、ひと目で宝良の母親だとわかった。宝良とよく似た、冴えざえと美しい顔だち。

紗栄子は疲労のためか顔色が悪かったが、百花にほほえみかけてくれた。

「わざわざ来てくださってどうもありがとう。今までに何度も連絡をくれてたのよね。

ごめんなさい、ろくに返事もしなくて」

「いえ、いいんです。それより、たーちゃんは」

紗栄子は、ふっと目をまるくした。

「……宝良のこと、そう呼んでくれてるのね。あの子、そういうことを私には何も話さないから――それでも、あなたのことはたまに話してたのよ。モモが、モモは、って。きっとあなたが一番のお友達なのね。宝良は、最初はリハビリも熱心にやっていたんだけど、最近部屋から出たがらないの。あなたから活を入れてやってちょうだい」

母親が案内してくれた病室は三階にあった。

母親に続いて病室に入り、白いベッドに横たわった宝良を見た時の衝撃は、一生忘れることはできないだろう。

ベッドに横たわった宝良は、うつろな表情で窓をながめていた。自分の存在や未来に対して一切の希望を失った時、人は、きっとあんな目をする。

「宝良」

宝良は紗栄子の呼びかけを無視して目をそらし続けていたが、何度か名前を呼ばれると、ようやく面倒くさそうな表情を浮かべながら頭をこちらに動かした。

そして、紗栄子のかたわらに立つ百花を見ると、みるみる目を大きくみひらいた。

「どう、して」

その声は水も飲まずに砂漠を歩き続けた旅人のようにかすれていて、百花は自分がここに来てはいけなかったことを悟った。ごめん、ときびすを返しそうになったが、一拍早く紗栄子が前に出た。

「私が呼んだのよ。ずっと百花ちゃんが心配してくれてたの、あなたも知ってるでしょ」

「……なんでこんなことするの。会わないって、私言ったじゃない」

「いつまでそうやって殻に閉じこもってるつもりなの？　起きたことはもう戻らない。この先の人生、寝たきりで過ごしたくないならリハビリをがんばるしかないのよ。自力歩行は無理でもあなたは両手が何の問題もなく動くし、目も耳も何ともない、ちゃんとしゃべることだってできるじゃないの。百花ちゃんだってこうして応援に来てくれたのよ。甘ったれてないでしっかりしなさい」

この母親のもとだからこそ、宝良の気性が育ったに違いない。けれどこの時、百花はキリキリと喉を絞めあげられるようで息ができなかった。布団の中の下半身を力なく投げ出した宝良は、顔を青ざめさせていた。ショックではなく、怒りにだ。

「――応援？　何それ？　お母さんが私に黙って、私が決めたこと捻《ね》じ曲げて、勝手にモモを呼びつけただけじゃない」

「私はあなたのために」

「やめてよ、その『あなたのために』って！　何かあるたび、あなたのため、あなたのためって——私は何も頼んでないのにあんたが勝手に思いこんで勝手に決めて勝手にやってるだけじゃん！　お父さんと別れた時もそうだし、嫌だって言ってるのに無理やりリハビリさせるのだって娘が寝たきりになったら恥ずかしいからでしょ？　ほんとは私を自分の思いどおりにしたいだけのくせに、恩着せがましい言い方すんなよッ！」

這《は》うように上体を起こした宝良は、手負いの獣のように凶暴に目を光らせていた。

紗栄子は青ざめて、言葉を失ったように立っている。宝良の唇がなおも動く。もっと致命的な何かを言おうとしているのだと直感して、百花は思わず叫んだ。

「たーちゃん、やめて！」

宝良が肩を震わせて、頬を叩かれたような表情で百花を見た。信じていた者に手ひどく裏切られたような顔だった。百花は息もできないほど胸が痛んだ。

けれど、母親をずたずたにしたあと、それは跳ね返って宝良のことも傷つけるのだ。こんな瀕死《ひんし》のような状態の宝良を、さらに惨《むご》く切り刻むのだ。宝良がそんな自傷行為に走るのをとても見てはいられなかった。

「——帰って、モモ」

霧雨が降るような声で言いながら、宝良がうつむいた。

「もう来ないで。メールも電話もやめて。もう私のこと考えないで」

ばいばい。

宝良は窓のほうに顔をそむけて、それきりこちらを見ようとしなかった。

宝良が横たわるベッドの向こう、カーテンが半分だけ開いた窓から見える冬の空が、かなしいほど澄み切った青だったことを覚えている。

2

あの冬のことを思い出すと今でも凍えそうになる。もうこの鉛色の雲に覆われた日々は永遠に終わらないのではないかと思えた。そんなはずはない、いつか終わるはずだ、終わらせたいと思うのに、その糸口が見えなかった。

三学期が始まっても宝良は学校に戻ってこなかった。メールも電話もやめろと言われたから、百花は毎日手紙を書いて、学校帰りに病院で紗栄子に渡した。もちろん宝良からの返事はなかったが、この手紙さえやめてしまったら本当に宝良は二度と戻ってこなくなるという気がした。

宝良の身体の状態については紗栄子から説明を受けていたが、百花は自分でもインターネットを使って調べた。

宝良は事故の衝撃で、胸椎《きようつい》という長い背骨のうちの胸部分を骨折した。同時にその骨に囲まれ守られている神経の束、脊髄を損傷した。脊髄は脳からの指令を全身に伝えたり、反対に手足や皮膚からの刺激を脳へ伝える役割を果たしている。人間の顔面以外の運動や感覚は、すべてこの脊髄を通して行われているのだ。

だからその脊髄が傷つけられると、損傷部より下へ脳からの指令が伝わらなくなり、下からの信号も脳に伝わらなくなる。宝良は今、へそから下の感覚がない状態らしい。たとえ顔をそむけている間に足をつねられてもわからないし、自分の意志で足を動かすこともできない。高確率で排泄《はいせつ》障害も生じる、という記述を見た時、百花は息もできない気持ちで顔を覆った。

脊髄は脳と同じ中枢神経であり、一度損傷された神経細胞は再生が極めて困難だという。あの誇り高い宝良が、自分の身に起きたことのすべてを知った時どんな思いをしたのかと考えると、苦しくて苦しくてたまらなかった。

「でも、損傷した部分がもっと上のほうだったら完全に身体がまひしてたかもしれない。自発呼吸ができなくなる場合だってあるの。宝良は幸運だったのよ」

紗栄子は、まるで百花を気遣うようにほほえんだ。

「それに受傷してから半年間は、リハビリのがんばり次第で身体のもっと広い範囲が動くようになるかもしれないの。百花ちゃんがくれる手紙、あの子はちゃんと全部読んでいるわ。自分を気にかけてくれる友達がいることに元気づけられてるはずよ。だから、お願い。宝良を見守ってやって。本当に愛想のない子だけど——」

手紙を書いて宝良が回復するなら指が血まみれになっても百万通だって書こう。でも宝良は、もう、自分の足で歩くことができない。

日に焼けながら毎日、毎日、毎日、テニスコートを駆けていたあの宝良が。

「百花、どうしたんだい？　全然食べてないじゃないか」

「宝良ちゃんのことが心配なのはわかるけど、ちゃんと食べないとだめよ。あんたまでまいってたら何もしてあげられないでしょ。ほら、エビフライあげるから」

日に日に食が細くなる百花のことを両親はいたく心配した。でもその頃は何を食べても味がしなかった。物語なんかに出てくる心労のために「物の味がわからない」というあの表現、あれは本当のことだ。何を食べてもゴムを噛《か》んでいるようで、心が一ミリも動かず、喜びはどこかに消えた。まひしてしまっている。宝良の足のように。

けれどその時、食卓のそばに置いたテレビで、あのニュースが流れたのだ。

『車いすテニスの全豪オープンにおいて、日本の七條玲選手が女子シングルスで優勝しました。優勝は日本女子初の快挙です。七條選手は弱冠十八歳、先天性の病気のために小学生の頃から車いすで生活をしてきましたが――』

百花は驚きのあまり、テレビ画面を凝視した。自分や宝良より歳は一つ上だが、ともすると大人びた宝良よりもあどけない少女が、どんな頑固者の心もほどいてしまいそうな笑顔で手を振っているのだ。背もたれがすごく低くて車輪が『ハ』の字型になった、ふしぎな車いすに乗って。それに、車いすテニスって？

そのあとすぐに父のパソコンを借りて車いすテニスについて調べた。調べれば調べるほど百花は驚愕《きょうがく》し、感動した。

車いすテニスは、もとは事故や病気によって身体が不自由になった人々のリハビリとして始まった。しかし次第に単なるリハビリを超えた競技として世界に広まるようになり、競技人口も増え、それに従って世界各国で大会も開催されるようになった。

現在では一般テニスと同様に、全豪オープン、全仏オープン、ウィンブルドン選手権、全米オープンの世界四大大会《グランドスラム》を筆頭として、年間を通して二百近い国際大会が各国で開催され、世界中の車いすテニスプレイヤーが競い合っている。

そして日本は、じつは車いすテニス大国だ。

男子では『車いすテニス界の帝王』と呼ばれる三國智司が、パラリンピックでシングルス、ダブルス合わせて金メダルを三個も獲得。また車いすテニス部門では史上初となる年間グランドスラムを達成し、彼のグランドスラム世界歴代最多優勝記録はいまだ破られていない。三國のほかにも青田信二《あおたしんじ》、元木康介《もときこうすけ》、笹本優《ささもとゆう》など、世界ランキング上位に名を連ねる日本人プレイヤーは多数だ。

一方、女子車いすテニスは長年オランダ人選手に席巻《せっけん》されてきたが、ここにも彗星《すいせい》のごとく逸材が現れた。その名も七條玲。十六歳でロンドンパラリンピックに日本代表として初出場し、ベスト4入賞。そしてつい先日には全豪オープンで初優勝を果たした。全豪優勝で勢いを増した十八歳のニュースターは、世界ランキングを怒濤《どとう》の勢いで駆け上がっている。また七條玲の活躍にけん引されるように同年代の少女たちがめざましい成長を見せており、各国際大会で好成績をあげている。

百花はネット上に公開されている車いすテニスの試合動画を、まばたきも忘れて片っ端からむさぼり見た。車いすテニスのために作られた競技用車いすをあやつり、コートを駆けまわる選手たち。その動きはツバメのようにすばやく、車いすが急旋回すればコートを激しく摩擦したタイヤがギャッと鳴き、彼らのくり出すショットは精密で狡猾《こうかつ》で強烈だ。車いすに乗っていること以外、健常者のテニスと何も変わらない。

知らなかった。なんてことだろう、全然知らなかった。

車いすテニス。これだ。

事故にあう寸前まで宝良がもっとも情熱を注いでいたものは何だ？　もちろんテニスだ。宝良にはテニスが必要なのだ。足が動かないのではもうテニスはできないと思っていたが、そうではなかった。こうして車いすでもテニスができるのだ。

百花は車いすテニスを紹介するめぼしい記事を印刷して、次の日さっそく宝良が入院しているリハビリ病院へ走った。

「あら、百花ちゃん……」

「おばさん。たーちゃん、どこにいますか？」

百花が挨拶も忘れて飛びつくように訊ねると、紗栄子はたじろぎつつ教えてくれた。

「たぶん……中庭にいると思う。最近天気がいいとよくあそこに行くのよ」

紗栄子の言うとおり、寒空の下、宝良は中庭にいた。たぶんリハビリを終えてきたのだろう。ジャージ姿にコートをはおり、車いすに身体を沈めて、生物の気配のない藻の色に染まった池をながめていた。

「たーちゃん！」

声を張り上げながら駆けよると、宝良は肩をゆらしてふり返り、目をみはった。

「モモ、もう来ないでって……」

「たーちゃん！　車いすテニスしよう！」

とにかく最初が肝心だ。百花はありったけの明るい笑顔で、宝良にプリントの山を突き出した。宝良は固まったように手を出さない。だから百花は、宝良の膝の上にそっとプリントを並べながら続けた。

「車いすテニスっていう競技があるの。そのまんま、車いすでプレーするテニス。使うコートは普通のテニスと同じで、ルールもほとんど同じ。違うところは、普通ならテニスはコート内でワンバウンド以内に打ち返さなきゃいけないけど、車いすテニスはツーバウンドまで認められてる。ほら、やっぱり、車いすを操作しなきゃいけないから。あと車いすは選手の身体の一部とみなされるから、車いすにボールがぶつかったら、当たったほうの失点。足を地面についてブレーキをかけるのもだめ。それくらいで、あとは普通のテニスと変わらないの。ねえ、日本にはものすごい選手がたくさんいるんだよ。男子の三國選手なんてずっと世界ランキング1位を独占してるの。グランドスラムも何回も出場してる。グランドスラムだよ、たーちゃん。グランドスラムの四大会は全部に車いすテニス部門があって、ローラン・ギャロスやウィンブルドンで試合するんだよ。そうだ、あとね、女子は七條玲選手が最注目なの。わたしたちの一コ上なんだけど、このまえ全豪オープンで優勝したんだよ。日本女子史上初の優勝だって、十八歳で！」

喉が痛くなるほど明るい声で話しながら、内心百花は焦っていた。宝良が無表情のまま何も言ってくれないからだ。きっと興味を示してくれると思っていたのに、何も反応がなくて、どんどん心細くなってくる。

そうだ、と百花はポケットからスマートフォンをとり出した。

「ネットで七條選手の試合の動画を見つけたんだ。見てみて、すごいから。たーちゃんもきっと――」

スマートフォンを宝良の視界に入れようとした瞬間、手に短い痛みが走った。

百花は身動きできずに、手負いの獣のような凶暴な目を向けてくる宝良を見つめ返した。宝良に手を払いのけられたということを呑みこむまでに、数秒間が必要だった。

「たーちゃん……」

「やめて、モモ。それ以上しゃべらないで」

　地を這うように低い声は、宝良のものではないみたいだった。呪うように暗いそんな宝良の声は、それまで一度だって耳にしたことがなかった。

「……ごめん、うざかったかな。うん、わたし、いっきにしゃべりすぎたね。ごめん、ひとりで盛り上がっちゃって。でも、どうしてもたーちゃんに車いすテニスのこと知ってもらいたくて」

「知ってるよ。やったこともある。この前のリハビリで無理やりやらされたから」

　やらされた、と宝良は吐き捨てるように言った。自分の意志であんなことをやるものかとばかりに顔をゆがめて。

「あんなの、テニスじゃない。テニスってあんなものじゃない。私は認めない」

「……たーちゃん。もちろんちょっと違うところはあるけど、でも車いすテニスって、世界中でたくさんの人がやってるんだよ。さっきも言ったけどグランドスラムだって」

「グランドスラムって、それ単に同じコートで試合するってだけでしょ。障がい者にも日の目を見せてあげなきゃいけないから、有名なコートで打たせてあげようっていうだけでしょ。所詮はお情けなんだよ。障がいがあるのにがんばってスポーツやってて偉いですねっていう」

「たーちゃん、なんでそんな言い方するの……?」

「言ったでしょ。あんなのテニスじゃないからだよ」

宝良の目に怒りとも憎しみともつかないものが炎のようにゆらめいた。

「モモ言ったよね、ツーバウンドしても返球できるって。何それ。ツーバウンドしてもゲームするなんてもうその時点でおかしい。つまりね、ワンバウンドでボールを返せないような人間がやるテニスなんだよ。代用品なんだよ。妥協なんだよ。本物のテニスができない障がい者が、泣く泣くあれをやるんだよ。――私がやりたいテニスはそんなのじゃないッ!」

やせ細った宝良の身体の中で、ずっと堪《こら》えていたものが決壊するのがわかった。

「私がやりたいのは! 自分の足でコートを走って、ワンバウンドでボールを返して、返せなきゃあっという間にポイント取られて、返させなきゃどんどんポイントを取ってブレークできる、本物のテニスなの!」

宝良が自分の腿にこぶしを振り下ろす。やめて、と言いたいのに百花は声が出なかった。宝良のこぶしがまた、自分を打つ。

「それができないならもう何もいらない。代用品なんか私はほしくない。こんな身体も人生もいらない。テニスができないなら何の意味も価値もないから」

「たーちゃん、そんなことない……!」

「モモには何もわからないよ。だから来るなって言ったのに。どうして来たの。なんで車いすテニスのことなんてそんなうれしそうに話すの。どうして笑って私にそれをやれって言えるの!?」

身体をバラバラにするような声で叫んだ宝良は、息を切らせてうつむいた。

百花は動けなかった。何か言わなければと思うのに、指一本動かない。

宝良が車いすのハンドリムを握った。目を合わせないまま百花の脇をすり抜け、遠ざかっていく。待って、と言おうとしたがそれは震える息にしかならなかった。待って。たーちゃん、お願い、いかないで。

この日以来、宝良への手紙も書けなくなった。

書こう、せめてこれだけは書かなければと思っても、何の言葉も出てこないのだ。

『モモには何もわからないよ』

そうだ、何もわからない。

トラックに撥ね飛ばされた時、どれほど宝良が痛かったのかも。治療中どれほど苦しかったのかも。それでも懸命にリハビリに励み、しかしどれほど励んだとしても自分の足で歩くことはもう叶《かな》わないのだと悟った時、どんな思いをしたのかも。

やがて二月が終わり、冷たい風があたたかい春の予感を抱く三月になっても、心は凍えたままだった。宝良のいない高校での終業式も、百花は遠くのスクリーンで上映されている映画のように無感動にながめていた。

「山路、ちょっといいか」

終業式後の大掃除のあと、これから始まる春休みに浮かれた生徒が行き交う廊下で、百花は担任に呼び止められた。つれて行かれた先は以前と同じ進路指導室で「みんなには内緒な」と担任は購買で買った紙パック入りのイチゴミルクをくれた。

「本当はまだ内緒の話だけど、山路と君島が入る三年生のクラス、また俺が受け持つことになった。……おーい、何だよその顔。もうちょっと喜んでくれよ」

笑わせようとおどける先生に、百花はお愛想程度に笑い返した。それで本当に精いっぱいだった。担任は小さく息を吐いて、静かな声で話し始めた。

「もし、な。もし君島が新学期になっても学校に来るのが難しくて——留年ということになっても、その時は先生が全力で君島をサポートする。だから山路はこれからの一年間、自分のためにがんばれ。春休みが終わったらもう三年生だ、すぐに受験の準備を始めたほうがいい。ただでさえ山路は君島のことで気を揉んで、このところずっと勉強なんて手につかなかっただろう。でもな、何が起きても死なない限り、人生は続くんだ。君島も、山路も。それは今までよりずっと難しいかもしれないし、苦しいかもしれない。けど、すばらしいことだってあるかもしれない。きっとあるに違いないって、そう思ってがんばろう。な？」

先生には何となく従ってしまう百花は小さく頷いたが、本当にそんな未来が、すばらしい何かが自分と宝良が歩く先に待っているのかわからなかった。そんなものはないのではないか、という気持ちのほうが強かった。絶望は、希望よりもずっとたやすく心にしみこんで、一度しみこめば拭うのは難しい。

春休みは無気力にすごした。宝良がすでに退院して自宅からリハビリに通っていることは紗栄子から聞いていたが、連絡もしなかったし手紙も書かなかった。宝良に関わることをやめてしまえば思いのほか楽で、過ぎゆく毎日は紙切れのように軽かった。何かの拍子に吹き飛んでしまっても、たぶんかなしくも口惜《くや》しくもない。

『では、今日のゲストをご紹介します。車いすテニス選手の七條玲さんです』

世界で一番だめな生き物のようにソファに寝っ転がってガムを嚙んでいた、ある日。百花は点《つ》けっぱなしのテレビに登場した車いすの少女を見て、思わず起き上がった。

『では、まず車いすテニスについて説明しましょう。車いすテニスというのはですね、その名のとおり車いすに乗ってプレーするテニスなんですが……』

情報番組の司会を務める男性タレントが、ありきたりな説明を続ける間、車いすに腰かけた少女はずっと楽しげな笑みを画面のこちら側に向けていた。なんだか見ているほうまで浮き立つ気持ちになるような笑顔。日常用車いすに身体をあずけた姿はネットで見た試合の動画よりもずっと小柄で華奢《きゃしゃ》な印象だ。こんな可憐《かれん》な人が、手裏剣みたいなスピードでコートを駆け抜け、次々とコートに球を打ちこんで対戦者を圧倒していた、あの選手なんだろうか?

『はい、ということで。ご存じの方もいらっしゃるかと思うんですが、こちらの七條玲さん、先日の全豪オープン車いすテニスの部の優勝者でいらっしゃいます。全豪オープンといえば世界四大大会《グランドスラム》のひとつ。これは、本っ当にすごいことなんですよ。まず世界で八人しか出場できないという大会ですし、しかも全豪オープン優勝は車いすテニスの日本女子史上初の偉業なんですが――いやあ、ご本人、すごくかわいらしい人でびっくりしましたね』

『それは、背がちっちゃいという意味で?』

『ええっ? いやいやいやいや、違いますって』

すばやい切り返しで司会者をあわてさせ、会場の笑いを誘った七條玲は、花のような笑顔になった。なんてほがらかな、魅力的な人なんだろう。百花はクッションを抱きしめながらテレビ画面に映る彼女の笑顔にみとれてしまった。

『しかもさらに驚くんですが、七條さん、全豪オープンはまだ二度目の出場だったんですよね。そこでいきなりの優勝。やはり緊張やプレッシャーは相当だったんじゃ?』

『いえ。全豪だからといって、特別緊張したり興奮したりということはなかったです。どこの国のどの大会でも、一試合一試合、ベストを尽くすだけです』

発言が十八歳ですでに大物っぽい……！　百花はクッションを抱きしめながら、あどけない笑顔で話す七條玲におののきを禁じえなかった。

『車いすでテニスをするというのは、いわゆる普通のテニスとはだいぶ勝手が違いますよね。どんなトレーニングしてらっしゃるんですか？』

『体幹を鍛えるトレーニングと、やっぱり肩と腕をかなり使うのでそこを鍛えるトレーニングは毎日してます。ほかにも車いすでの走り込みもしますけど、これが嫌で』

『え、嫌なんですか』

『嫌です。トレーニングは全部きついし、楽しくないです。でも勝つためにはやっぱり必要なので。わたし、試合が好きなんです。戦って、勝つのが好きなんです』

はっとして百花はクッションを抱きしめる腕に力をこめた。

試合。

学校の部活動。あるいはテニスクラブ。テニスを生業《なりわい》にするアスリート。どんな立場であるにせよ、テニスに真剣に打ちこむ人々が、日々の厳しいトレーニングと練習を積み重ねるのは何のためだ？

試合のためだ。テニスで戦い、勝利をつかむために、自分の肉体を鍛え技術を磨く。

『あんなの、テニスじゃない』

宝良がやったという車いすテニスは、どんなものだったのだろう。

状況はわからないが、リハビリの時にやらされた、と宝良は言っていた。同じようにリハビリをしていた人と打ち合ったりしたんだろうか。でも、リハビリをしているならその人だってまだ身体を思うようには動かせないだろう。そうでなくとも車いすテニスは一般テニスとはかなり違う、高度なスキルを必要とする競技だ。いくら宝良が優秀なテニスプレイヤーであるといっても、今まで車いすに乗ったことすらなかった宝良に、満足なプレーができるものだろうか。

それに、宝良は『試合』を知っているんだろうか？

車いすテニスを生活の中心に据えて毎日自分を鍛え、世界の頂点をかけて戦うようなアスリートの試合を、宝良は見たことがあるのだろうか。

『では七條さんの次の目標は？』

『まずは、五月のジャパンオープンで優勝したいです』

耳にすべりこんできた七條玲の声に、百花は我に返った。ジャパンオープン？

心の中で呟いた声を聞きとったかのように、司会者が説明した。

『ジャパンオープンというのは、福岡県飯塚市で開かれる国際大会ですね。グランドスラムに次ぐスーパーシリーズに格付けされてる……つまり世界中のトッププレイヤーが集結するすごい大会というわけなんですが、それが日本で開催されているんですね』

『はい。わたし、三國智司さんの試合を初めて見たのがジャパンオープンで「めっちゃ強い！　かっこいい！」ってすごく感動したんです。だから思い入れのある大会だし、何といっても日本開催の大会だから、優勝したいですね』

国内で、この人のような世界トップレベルの選手が戦う大会が開かれる？　百花は急いでスマートフォンで『車いすテニス　ジャパンオープン』と検索した。公式ホームページがすぐに出てきた。開催地は福岡県飯塚市。九州はまだ行ったことがない。羽田《はねだ》空港から飛行機で行けばいいんだろうか。

『全仏、ウィンブルドン、全米の残りのグランドスラムでも優勝したいです。そして、来年のリオデジャネイロパラリンピックでは、金メダルを狙います』

百花は息を呑みながらテレビ画面を見つめた。たった今、全国へ向けてとてつもない勝利宣言をした十八歳の少女は、女王のように微笑していた。

番組がCMに切り替わるのと同時に百花は二階の自分の部屋へ走った。机の鍵付きの引き出しから預金通帳をとり出して「いち、じゅう、ひゃく、せん……」と残高を数えたあと、通帳をくたびれたジャージのポケットにつっこんで階段を駆けおりた。「何事なの!?」と音に驚いて夕食の準備をしていた母が顔を出したが、百花は猛ダッシュで外にとび出し、玄関前に停めていた自転車にまたがった。

宝良の自宅までは自転車で十分ほどの距離だ。以前には休日に何度か遊びに行ったこともあったが、宝良が前年の十月に事故にあって以来、もう半年近く訪れていなかった。

事故後は宝良が入院している病院まで会いに行くばかりだったし、宝良に決定的に拒絶されてからはその見舞いさえやめてしまった。

しかしそんなブランクや絶交寸前の友情のこともこの時は頭から蹴り出して、百花は君島家に到着するなり呼び鈴を連打した。

「百花ちゃん……おひさしぶりね」

玄関の扉を開けた紗栄子は、おそらく呼び鈴を連打する不届き者を警戒していたに違いない、左手に包丁を握って険しい形相をしていたが、百花を見ると一瞬で敵意を消して目をまるくした。

「おばさん、こんばんは。たーちゃんは？」

「宝良なら、二階の部屋に……」

百花は紗栄子が言い終わる前に「おじゃまします」と頭を下げて、靴を脱いで玄関から上がりこんだ。廊下を進みながら、宝良の自宅がリフォームされていることに気づいた。以前よりも廊下の幅が広くなっている。車いすが楽に通れる幅だ。思い返せば外から玄関までの敷地にもスロープができていたし、車いすの宝良でも二階の自室を利用できるよう、廊下の奥にはエレベーターが設置されていた。百花は知らぬ間に様変わりしていた君島家の様子に驚きながら、階段を上って二階に向かった。

宝良の自室は廊下の突き当たりだが、すぐそばにエレベーターがあり、一階から移動してすぐに部屋で休める仕組みになっていた。部屋の隣には真新しい引き戸式のトイレも設置されている。脊髄を損傷した場合、かなりの割合で患者は排泄の問題を抱えることになる。でもこれならば、宝良も快適に暮らすことができるだろう。

「たーちゃん、百花だよ。ここ開けて、話があるの」

車いすでも開閉しやすいスライド式に取り換えられた宝良の部屋のドアを、百花はノックした。ドアの向こうでかすかに物音が聞こえたが、返事はない。しかし返事がないことは想定のうちだったので百花は動じなかった。

「たーちゃん、開けて」「開けてくれないと騒ぐから」「ノックしながら歌っちゃうから」「十二時間くらいなら余裕でノックしまくるから！」とドアを叩き続けること二分余り、鍵が開けられる音がした。スライド式のドアがすばらしい勢いで開いた。

「いい加減にしてよ！」

震えあがるような眼光でにらみつける宝良は、百花と同じようにジャージにトレーナーを着てパーカーをはおっていた。百花は、約一カ月半ぶりに会う宝良との目線の違いに衝撃を受けた。車いすに乗った相手の顔は、こんなにも低い位置にあるのか。

でも宝良はやはり宝良だった。にらまれると身体がすくむような眼光はそのままだ。その眼光に負けないように百花は腹に力をこめて、ジャージのポケットから出した預金通帳を宝良の鼻先に突きつけた。さすがの宝良もたじろいで、車いすを引いた。

「何これ……」

「わたしの全財産。たまに使っちゃうこともあったけど、小学一年生からずっとお年玉貯めてて四十万円ある。このお金で、たーちゃん、わたしと一緒に福岡に行って。福岡の飯塚市。五月十二日の火曜日から五月十七日の日曜日まで。車いすテニスのジャパンオープン、見に行こう」

宝良は、しばらく何も言葉が出ないという顔で百花を凝視していた。たっぷり十秒は絶句したあと、ようやく口を開いた。

「……ばかなの？」

「たーちゃん、言ったよね。車いすテニスはテニスじゃないって。テニスの妥協で代用品なんだって。でもたーちゃん、車いすテニスの試合、ちゃんと見たことあるの？」

宝良は答えず、唇を引き結んだ。やっぱり、そうなのだ。百花は預金通帳を突き出したまま続けた。

「確かに車いすテニスと、テニスは別の競技だよ。わたしたちがやってきたテニスとは全然違う。だって車いすで走るんだもん。車いすで走りながら球を打つんだもん。それで相手に勝たなきゃいけないんだもん。すっごく難しい、高度な競技なんだよ。ねえ、たーちゃん。車いすテニスはやったことあるって言ったよね。やらされた、って。でもそれ、違うから。確かに車いすテニスだったかもしれないけど、たーちゃんがやったことってレベル1くらいのことでしょ。ううん、レベル0・3かも。その程度で車いすテニスを知った気になっちゃってるの、どうなの？」

内心ガチガチに緊張しながら、百花は挑戦的に口角を吊《つ》り上げた。

宝良の目に、ゆらっと炎が燃えるように鋭い光がともった。

そう、この目だ。戦うことに血を湧きたたせる宝良の目だ。

「だから本当の車いすテニス、たーちゃんに見せてあげるよ。飯塚のジャパンオープン、見に行こう。日本どころかアジア最高の大会なんだよ。世界中のすごい選手が集まって戦うんだよ」

「ばかなの？　福岡って九州じゃない。そんなところに行けるわけない」

「行けるよ。羽田空港から福岡空港まで飛行機で行って、福岡空港から新飯塚まで高速バスで行けば、あとはタクシーでちょちょいのちょいだよ。ちゃんと調べたもんね」

「──だから！　モモは行けるよ、自分の足で九州でも沖縄でも北海道でもシベリアでも行けばいい！　でも私はこんなだから、九州なんて遠いところ行けるわけない！」

「行きなさい、宝良」

凜とした、と形容するにはやや鋭い声が響いて百花は驚いた。

いつの間にか二階に上がってきていた紗栄子は、まっすぐに歩いてきて百花のかたわらに立ち止まると、娘を見つめた。

「宝良。あなた、パソコンで車いすテニスの動画をいくつも見てたわね。三國智司選手のロンドンパラリンピック決勝とか、七條玲選手の全豪オープンとか。本当は関心があるんでしょう。違う？」

え、と驚いて百花は宝良を見た。宝良は動揺を浮かべたあと、眉を逆立てた。

「どうしてそれ」

「私に知られるのが嫌なら、次から私のパソコンを使って動画を見た時には履歴を消しておきなさい」

宝良を黙らせたあと、紗栄子は百花に目を移した。

「百花ちゃん、本当に宝良を福岡につれて行ってくれるなら、かかる費用は百花ちゃんの分まですべてこちらで出すわ。お願いできる？」

「えっ？　いや、そんな……！」

「いいのよ、お金ならあるの。宝良の事故の賠償金が」

紗栄子が淡々と発したその言葉に、百花はただ息を呑んだ。

宝良、と紗栄子が静かに呼びかけた。

「あなた、人生がくるってしまったと思ってるでしょ。確かにそうね。でも、あなたにけがをさせて、本当だったら一生かかって手に入れられるかどうかのお金を支払うことになった人も、だいぶ人生がくるってしまったと思うわよ」

「……だから何？　だからゆるせってこと？」

「そうは言ってない。ただ、あの人はあなたが意識を失ってる間に泣きながら土下座して、いろいろな社会的制裁も受けて、あなたにできるだけの償いもした。それで宝良、あなたは？　これからどうするの？　あんな死んでもおかしくなかった事故を奇跡的に生き延びて、これからも続いていく人生を、あなたはどう生きるの？」

母親に問いかけられて、宝良の瞳が小さくゆれた。

「宝良。これからは車いすで生活することになるって説明した時、あなた言ったわね。『死にたい』って。それは今でも変わってないの？」

宝良は唇を引き結んだまま答えない。紗栄子が凄みをこめて目を細めた。

「それなら、死ぬのはいつだってできるわ、冥土の土産にジャパンオープンを見てきなさい。車いすじゃ九州は無理なんてあんたは言ったけど、ばかばかしい。車いすの選手が世界各地から日本に来るんだから、すでに日本にいるあんたが会場まで行けないはずがないでしょう。アジア最高の大会を見て、ここに帰ってきたその時にもまだ死にたいなら、私が母親として責任をもってあんたに引導を渡すわ」

「おお、おばさん……!?」

「そうと決まったら、百花ちゃんの親御さんにもご相談しなくちゃね。今からおじゃましてもいいかしら。宝良、何してるの、さっさと準備しなさい」

数分後、百花は自転車を宝良の自宅に置いたまま、紗栄子の運転する車に乗って自宅に戻った。新調されたばかりの紗栄子の車は、トランク部分にスロープを下ろして車いすのまま乗りこめる仕様になっており、宝良も百花と並んで座った。ただ宝良はずっと窓に顔を向けたままで、百花とはひと言も口をきかなかった。

「ほう……福岡県飯塚市で、車いすテニスのジャパンオープンですか」

「そのジャパンオープンに、宝良ちゃんと、うちの百花を……はあ」

夕食の支度中でエプロン姿の母と、ちょうど帰宅してきたところでスーツ姿の父は、リビングで君島母子および百花から話を聞いたものの、とまどいを隠さなかった。

紗栄子は、百花の両親に深々と頭を下げた。

「大会期間は平日で高校の授業もありますし、百花ちゃんには迷惑をかけてしまうことも重々承知です。ですが、百花ちゃんのことは私が責任を持ってお世話しますので」

「いえ、そうは言っても……九州なんて、宝良ちゃん本当に大丈夫なんですか？　退院してきたばかりなんですよね？　それにうちの百花も、一応は受験生ですし」

「でもモモ子さん、考えてみて。ここで行かなければ百花は大会期間中、きっとずっと上の空で授業もほとんど聞けなくて、結局何日か休んだのと同じことになるんじゃないかな。それならいっそ現地に行かせたほうが社会勉強にもなるし、帰ってきたあとにも勉強に身が入りそうじゃないか？」

「え、そうかなあ……でも確かに百花は……うーん……まあ、いっか」

穏やかな理系の父はもとから百花に甘く、きびきびした体育会系の母も物事を深く考えないたちなので、ものの数分で百花と宝良の飯塚行きは許可された。一度許可すると「チケットとホテルの手配は僕がしましょう。なに、出張で慣れてますから」「せっかくだから私たちも同行します、九州ってまだ行ったことないんですよ」と百花の両親はとたんに乗り気になり、むしろ紗栄子のほうが二人の勢いにちょっと引いていた。

「……たーちゃん、無理やりごめんね。でも、どうしてもわたし、たーちゃんと本物の車いすテニスの試合を見たい」

紗栄子と宝良が帰る頃には、もう夜空に無数の小さな光の粒がかがやいていた。

スロープから車に乗りこもうとしていた宝良は、百花が小さな声で謝ると、車いすのハンドリムから手を放して息をついた。

「試合なら見たよ。モモに車いすテニスしないかって言われた日から何度も。三國智司とか、ベルナール・デュリスとか、ヨハンナ・フィンセントとか、七條玲とか」

——そう、先ほど紗栄子が話していた。宝良はパソコンで車いすテニスの試合をいくつも見ていた、と。

「……どうだった？」

二秒おいて、すごかった、と返った声は小さな雨粒みたいだった。

「車いすの動きがあんまり速くて、なめらかで、地面を走ってるんじゃなくて氷の上を滑ってるみたいだった。あの人たち、コートにいる間ほぼ停まらないんだよ。八の字みたいに動きながらずっと走ってる。車いすって一回停止すると動き出す時にすごく力がいるし、スピードが出るまでに時間もかかるから。あんなに腕を酷使してるのに、どうしてフルセット戦えるのかわかんない。ラケットを持ったまま車いすをこいでるのに、なんであんなスピードが出るのかわかんない。車いすはサイドステップができない弱点があるから、相手に一瞬は背中向けてターンしなきゃいけないけど、あの人たちは背中向けてる時に打たれたはずの球筋も読んでる。たぶんターン前の相手の位置とかフォームとか打球音の方向から予測してるんだと思うんだけど、それ、そんなの、もう超能力だよ。……あんなプレー、私には無理。車いすになってから、行きたい場所に行くまでに信じられないくらい時間がかかる。走ろうとしてもすぐに腕が痛くて動かなくなる。車いすを動かすだけで精いっぱいなのに、その上テニスなんてできると思えない。でもテニスを取ったら、自分に何が残るのかわかんない。テニスができない自分が自分って言えるのかもわかんない。わかるのはテニスしてないと苦しいってことだけ。それ以外は本当にわかんないの、全然、何も――」

声が震えた瞬間、宝良はきつく唇を噛みしめた。宝良は、人前で涙をこぼすことはおろか、声を震わせることすら自分にゆるさない。

そんな融通がきかなくて頑固で誇り高い宝良が、大好きだった。

そして今ここで車いすに座っている宝良も同じだ。素直じゃなくて意地っ張りで、こんな時くらいは弱音を吐いてもいいだろうに、やっぱりそうはできないほど誇り高い。

宝良は宝良だ。宝良のままだ。何が起きても、これからどんな道を選ぶとしても。

「……ちょっと。なんでモモが泣いてるの？」

「たーちゃん……大好きだから、ジャパンオープン、一緒に行こう……」

「何それ、全然文脈つながってない……」

「わたしも、わかんない。ずっとわかんなかった。たーちゃんの役に立ちたいって思ってるのに、わたしに何ができるのかわかんなくて、元気の出ること何か言いたいけど、わたしは何もわかってなくて変なこと言って傷つけちゃうんじゃないかって思うと怖くて。今でもわかんない。何もわかんないの。だから、とにかく一緒に行こう。アジアで一番すごい大会見て、やっぱり無理って思ったら、車いすテニス、しなくていいから。それでもたーちゃんはたーちゃんだから。テニスしてたって、してなくたって、たーちゃんはわたしのヒーローだから」

「……モモ、泣くのやめてよ。鼻水たれてる」

「何かわかるかもしれないし、何もわかんないかもしれないけど、行こう一緒に――」

のちに宝良はこの時の百花の顔を「ぐしゃぐしゃのびしゃびしゃ」と形容するのだが、

そのぐしゃぐしゃでびしゃびしゃの顔にさしもの宝良も恐れをなしたらしく、わかった、行くよ、行くから、と幼児の機嫌をとるように言った。百花は駄々っ子のように泣きながら、行こう、行こうね、一緒に、とくり返した。

テニスをしても、しなくても、自分の足で走っても、車いすで走っても、宝良は宝良だ。宝良が宝良であってくれればそれでいい。それだけでいい。

けれど、願わくば、見つけてほしい。

これからの人生を照らす、光を。

3

飯塚国際車いすテニス大会、通称ジャパンオープンは、福岡県飯塚市の筑豊《ちくほう》ハイッテニスコート、および県営筑豊緑地テニスコートで開催される。

国際テニス連盟《ITF》公認の車いすテニストーナメントは、まず頂点に全豪オープン、全仏オープン、ウィンブルドン選手権、全米オープンの世界四大大会《グランドスラム》。その下にスーパーシリーズ。さらにＩＴＦ１シリーズ、ＩＴＦ２シリーズ、ＩＴＦ３シリーズ、フューチャーズシリーズと続く。

飯塚国際車いすテニス大会はこの格付けのうち第二位のスーパーシリーズ。アジアでは最高峰の国際大会で、昭和六十年の初開催以来、車いすテニスの普及を願う地元有志の努力によって毎年欠かさず開催されてきた。

百花たちが観戦する二〇一五年大会の日程は、五月十二日から十七日までの六日間。だがやはり全日程を観戦するのはまだ体力が戻っていない宝良には負担が大きいということで、五月十四日に羽田空港から発《た》って福岡に前泊し、十五日から十七日までの三日間を観戦することになった。

宝良と紗栄子の君島母子、そして山路一家でジャパンオープン観戦へ出かけることが決まったのが三月の終わり。それから四月に入ると百花は新学期が始まり、高校三年生に進級した。担任から説明されていた通り宝良は百花と同じクラスになったが、宝良はまだ通院しながらリハビリを続けている状態で一度も登校していなかった。あの打ち合わせの夜以来会う機会もなくて、百花は一度も宝良の顔を見ていなかった。

でも、いい。飯塚には一緒に行くし、そこからの四日間はずっと宝良と一緒なのだ。百花は浮き立つ心をなんとか抑え、出発の日までの一日一日をもどかしく過ごした。

過ごしていた、のだが。

体調の異変を感じたのは出発の二日前だった。学校で昼の弁当を食べたあと、お腹が痛くなった。何か変なものでも食べたのかな、と思いつつも我慢できる程度だったのでその時は何とも思わなかった。しかしその後も腹痛は断続的に続いて、痛みはだんだん強くなった。福岡行きを前にして体調を崩したとは思いたくなかったので、たいしたことはないと必死で自己暗示をかけて我慢していたのだが、出発前日の昼、ついに限界が来て百花は学校の廊下でうずくまってしまった。そこからは救急車で緊急搬送、連絡を受けた母が泡を食って会社から病院に駆けつけ、百花は痛みにうめきながらあちこちを移動させられていろんな検査を受け、人生初のCT撮影まで体験した。

「虫垂炎です。血液検査の結果がよくないので、準備が整い次第すぐに手術します」

医師はモニターに表示された検査結果を見ながらこう言った。母も「手術ですか」と驚いていたが、百花もぼうぜんとした。「準備が整うまでこちらで休んでいてください」と案内されたのはベッドが四台くらい並んだ保健室のような部屋で、やっと状況を理解した百花は「電話、電話」とベソをかきながら母に頼み、車いすでスマートフォンを使うことができる廊下につれて行ってもらった。

「たーちゃん、お腹痛くて、い、今、病院来てて……ちゅう、ちゅうすいえん……」

『モモ、なに？　落ち着いてしゃべって、全然わかんない』

百花は泣きながら、虫垂炎になってしまったこと、これから手術をしなければならないこと、手術をしたらしばらく入院しなければならないこと、よって明日宝良と一緒に飯塚に行くことができなくなってしまったことを、つっかえつっかえ話した。

「たーちゃん、たーちゃんは行ってね。お願い、ジャパンオープン、絶対行ってね」

『行くよ』

宝良は強く答えた。

『モモに頼まれたから行くんじゃなくて、私が行くって決めたから絶対に行く。だからモモは今から自分のことだけ考えて。自分の身体を治すことだけ考えて。私のことはもう考えなくていい。今から手術なんでしょ？　電話、もう切るから』

「待って、たーちゃん、手術怖いよ……！」

『ばかなの？　何も怖くなんかない。モモがいるそこは、人を助けるプロが集まってる場所なんだよ。みんながモモを助けようとしてるんだよ。だからその人たちにまかせてモモは大人しく寝てればいいの。簡単でしょ。わかったら気合い入れて切ってこい』

「うう、はい……」

それからあれよあれよと手術室に運ばれ、百花はドラマそのままの手術室の光景に震えあがり、宝良も事故のあとこんな場所で治療を受けたんだろうか、と麻酔のマスクをつけられながら考えた。そこでちょっと目を閉じたと思ったら「山路さん、手術終わりましたからねー」と夢うつつの意識のかたすみで呼びかけられた。手術はびっくりするほど簡単に終わった。でも、手術の痕はすごく痛かった。百花が受けたのは腹腔鏡《ふくくうきょう》手術といって、おへそのそばに開けた数ミリの穴から内視鏡を入れて患部を切除するのだが、この手術方法だとほんの三センチくらいの小さな傷痕が数カ所できるだけで済む。

済むのだけれど、それでも傷痕はズキズキと痛み、寝返りも打てないほどつらくて、夜中に何度も痛みで目が覚めた。

生死の境をさまようほどの事故にあった宝良は、この何千倍も痛かっただろう。そんな状態でも翌日になると「今日から歩く練習しましょうねー」と看護師がにこやかに言った。排尿のカテーテルや心電図なども全部外され、点滴を吊るしたスタンドにすがるようにしながら自分でトイレに行ったが、普段は当たり前にやっている動作のひとつひとつが大変だった。廊下を壁伝いに歩いても、すぐに疲れてぐったりしてしまう。身体が傷ついているということも、そこから回復するための訓練も、こんなにも大変なのだということを自分が病気になって初めて知った。

一時は命も危ぶまれた宝良が、車いすに乗って身のまわりのほとんどのことができる現在の状態にまで回復するには、どれだけの努力が要ったのだろう。

「うん、傷もきれいだし、順調に回復してるね。明日の血液検査の結果がよかったら、明後日には退院できると思うよ」

主治医の先生がこう言ったのは手術の二日後のことだった。きっともっと長く入院することになると思っていた百花はびっくりしたし、見舞いに来ていた母も「え、明後日ですか？」と驚いていた。明後日、と百花は頭の中のカレンダーと照らし合わせた。今日は五月十五日、明後日は——

「あの——先生、退院、明日にできませんか？」

若い男性医師は目をまるくした。

「明日？　いや、それは早すぎるよ。一昨日《おととい》お腹切ったばかりなんだよ、君」

「でも、ジャパンオープンの最終日だけでも行きたいんですっ」

「百花！　なに言ってるの、そんなの行けるわけないでしょ」

眉を吊り上げる母の隣で、主治医は「ジャパンオープン？　それはゴルフの大会か何か？」ととんちんかんなことを言った。百花は必死に説明した。それは福岡県飯塚市で開催されている車いすテニスのアジア最高峰の大会であること。友人と一緒に見に行くとずっと前から約束していたこと。今は友人だけが現地にいること。だから自分も行きたい、いや行かなければならないのだということ。

話を聞き終えた主治医は、ほとほとあきれたという顔をした。

「あのね、退院というのは病院を出たその時から好き勝手に何をやってもいいって意味じゃないんだよ。大人だって職場に復帰してもらうのは手術の一週間後だ。それなのに君は、明日退院したらすぐ九州に行く気なのか」

「でも、もう明日と明後日しか試合が残ってないんです。今じゃないとだめなんです。来年の大会に行けばいいとか、そういうことじゃないんです——」

もちろん、自分が駆けつけたところで何の意味もないのかもしれない。宝良は何でも自分の思ったとおりにする。これからどうするのか、誰にも頼らず自分の意志で決める。きっとそこに百花がいるかいないかは関係ない。

だけど、そばにいることしか、自分にできることなんてない。

べそべそと泣きながら「お願いします、お願いします」とくり返す女子高生を、母も主治医もあきれて物が言えないという顔で見ていた。やがて主治医がため息をつきながら「お母さん、ちょっと」と母をうながして病室を出た。二分くらい、廊下から低い話し声がもれ聞こえていた。やがて戻ってきた主治医は、渋面を作って言った。

「急なことなので時間がかかるかもしれないけど、これから血液検査ができるように手配するから、まずはその結果を見ることにしよう。それで僕がいいと判断したら明日の退院を許可します。だけど結果がだめなら大人しく諦めてもらう。わかった？」

「はい！　いい結果が出せるようにがんばります！」

「がんばんなくていいよ、何言ってるんだ。とにかく呼びに来るまで寝てなさい」

その後、血液検査を受け、夕方になって主治医が病室に来た。「まあ、仕方ないね」と渋い顔で主治医は翌日の退院を許可してくれて、百花は泣いて喜んだ。「仕方ないわね」と母も主治医と同じ台詞《せりふ》をため息まじりに口にしながら、一度はキャンセルした飛行機のチケットを手配し直してくれた。

そして翌日、無事に退院。本当はすぐに福岡に向かいたかったが、そこは父と母がそろって反対したので、百花はひと晩ひさしぶりの自分の部屋で休んでから、翌日、朝の五時前に両親と羽田空港へ向かった。

百花はちょっと歩けばすぐに疲れてしまう状態で、しかも歩く振動がお腹に響いてつらいので、だだっ広い空港内を移動する時は空港で貸し出している車いすを使った。父と母に交代で車いすを押してもらいながら、百花は自分の足で歩く時と、車いすに乗った時の視界のあまりの違いに驚いていた。病院でも車いすを使ってはいたが、健康な人々が絶えず行き交う「外」で体感するそれは、まったく別物だった。

立っている時よりもずっと目線が低い。すれ違う人のほとんどが自分よりも背が高く、なんだか自分が弱くなったような気分になる。そして、視線。すれ違いざまにちらりと自分に向けられる視線、あるいはもっとあからさまに注視してくる目。自分に集まる視線を感じるたびに居心地の悪さを感じた。――宝良も、車いすを使うようになってから、外を出歩く時にこんな気分を味わっているんだろうか。

「機内へ車いすで乗りこまれる場合は、こちらの車いすをご利用いただくことになっております。よろしければこちらでお乗り換えください」

航空会社の受付カウンターに行くと、女性スタッフが一台の車いすを出してきた。普通の車いすよりも細身で、黒い一色のフレームがかっこいい。

百花は知らなかったが、車いすユーザーが飛行機に乗る場合、普段使っている車いすから航空会社が用意した車いすに乗り換えなければならないのだそうだ。飛行機の通路が普通の車いすが通るには狭すぎるというのもあるし、防犯上の理由もある。

でも、車いすユーザーにとって使い慣れた車いすは自分の身体の一部みたいなものだろう。それを一時のこととはいえ使うことを禁止され、見知らぬ車いすに乗り換えなければいけないのは不便だし、大変なことではないだろうか。百花が宝良のことを思って落ち込んでいると、女性スタッフが続けた。

「こちらの車いすは樹脂製ですので、保安検査場の金属探知機も反応しません。ですから安心して検査場をお通りください」

樹脂？　と百花はびっくりした。病院で使った車いすも、空港で貸してもらった車いすも、フレームは金属で出来ていた。それを樹脂で作るなんて想像もつかなくて、目をまるくしていると女性スタッフはほほえんだ。

「これまで保安検査場ではほとんどの車いすが金属探知で反応してしまい、車いすをお使いのお客様にはその都度ボディチェックをお受けいただかなければなりませんでした。それを何とか改善したいと弊社から依頼して車いすメーカーさんに開発していただいたのが、こちらの樹脂製の車いすなんです。素材が樹脂ですので軽くて取り扱いが非常に楽ですが、金属に匹敵する強度も持っていて、安全にお乗りいただけます」

百花は小さな感動とともに、自分が腰かけるかっこいい黒の車いすをそっとなでた。

そう、車いすという存在に初めて惹かれたのがこの時だった。さっきまで車いすの人々は社会から疎外されているように感じていた。でもそうではなく、ちゃんと車いすユーザーのことを考えている人たちもいるのだということ。その想いがこんなにも機能的で美しい形に結晶するのだということ。まるで恋の始まりみたいにときめいた。

黒い車いすの背もたれには、小さく『FUJISAWA』と刻印されていた。女性スタッフに訊ねると「この車いすを開発したメーカーさんの名前です」と素敵な笑顔で教えてくれた。

羽田空港から福岡空港までのフライト時間は約二時間。生まれて初めて飛行機に乗る百花は楽しみにしていたのだが、途中で母の肩にもたれて眠ってしまったのでもったいないことに記憶がない。「着いたわよ」と母に起こされると、もう福岡空港だった。飛行機を降りると、空港が大きな街のど真ん中にあるのでびっくりした。

その日の空模様は曇りで、しっとりと湿った空気の中にいるとぬるいお湯につかっているみたいだった。百花は福岡空港でかっこいい黒の車いすに別れを告げ、ジャパンオープン会場の最寄り駅、新飯塚駅行きのバスに乗りこんだ。新飯塚駅までは地下鉄と電車を使っていく方法もあるが、バスは一度乗りこんでしまえば目的地までずっと座っていられるので、身体が弱っていたこの時は楽だった。

『福岡空港でバスに乗ったよ。あと一時間くらいで着きます』

『わかった、気をつけて』

宝良にメールを送ると、すごく短くてそっけない返事があった。でも宝良はいつもこんな感じで、むしろ『気をつけて』と言ってもらえたことに百花は顔がにやけた。

新飯塚駅からは、病み上がりの百花のために両親がタクシーを使ってくれた。車いすテニス大会の会場は、飯塚市郊外の小高い丘の上にある。

「うわあ、すごい人だなあ。僕、スポーツの国際大会なんて初めてだよ」

「サトルさん、筋金入りの文化系だものね。この雰囲気、競技会を思い出して私は血が騒ぐわ。あれ、見て見て、自衛隊の人までいる」

会場に着くと、百花よりも付き添いの両親のほうが楽しそうにはしゃいでいた。母が言うとおり、確かに会場の入り口付近に停まった大型バスの前を、迷彩服を着た自衛隊員が行き来している。知らないことはすぐに調べないと気のすまない母(元陸上部)が、すばやく自衛隊員のもとに走っていき、しばらく話すとまた走って戻ってきた。

「あの人たち、飯塚駐屯地の隊員さんで、会場とオフィシャルホテルを往復して選手の輸送をしてるんですって。この大会、自衛隊まで協力してくれてるのね」

百花は事前に調べておいた大会の情報を思い出した。この飯塚のジャパンオープンは世界で六大会しかないスーパーシリーズに格付けされているが、ＩＴＦによる大会の格付けは大会の規模や運営のほか、大会中に選手がすごす環境についても重視されるのだそうだ。そしてジャパンオープンは運営スタッフのほかにも大勢の地元ボランティアが参加し、最終日まで選手が心地よくすごせるよう全力でサポートする。

海を越えてくる海外選手や遠方から出向いてくる国内選手にとって、飯塚会場は決してアクセスしやすい場所ではない。けれど自衛隊も含めたボランティアスタッフのホスピタリティあふれる仕事ぶりは選手たちの好感度も高く、ジャパンオープンは世界中の車いすテニス大会の中でも屈指の人気を誇るのだという。安全と安心と真心。それがそろっているから、小さな町で始まった大会がスーパーシリーズの資格を得たのだろう。

「それにしてもさっきの隊員さん、イケメンでさわやかで親切だったなあ」

「嫌だな……モモ子さんがほかの男の人を褒めるの聞くの、僕は嫌だな」

「やだ、サトルさん。焼きもちなんてかわいい」

四日前に手術したばかりの娘をほっぽって二人の世界を作る両親にちょっとげんなりしたので、百花は「トイレ行ってくる」と二人から離れた。

ジャパンオープン会場には、巨大な掲示板にドロー（対戦表）と試合結果を貼り出している広場がある。この広場が会場全体の中心で、広場を囲むように総合受付のテント、アイシングの氷を配るテント、雨天時に使うインドアコートに、試合が行われるメインコートがある。

背の高い金網に囲まれたメインコートは、さわやかなブルーの地に白のラインが映えるハードコートで、試合開始前の今は選手たちが練習していた。さすが決勝が行われる大会最終日なだけあって、観客席はもうほぼ人で埋まっている。

メインコートのすぐそばには、選手のためのシャワールームとスロープ付きの屋外トイレが完備されている。百花もそこで用をすませた。歩くたびに振動が手術の傷に響くので、前かがみになりながらトイレから出てきたところで、それに気がついた。

大きな体育館のようなインドアコートのそばに建てられた、簡素な白いテント。

そのテントの下には、数台の車いすが置かれていた。

それも左右のタイヤに『ハ』の字型の角度がつけられた、極度に背もたれの低い車いす。車いすには前方に二輪、後方に一輪のキャスターが取り付けられている。試合中の選手の激しい動きを補助し、転倒を防ぐための装置だ。

競技用車いす。本物のテニス車だ。

車いすテニスのネット動画を視聴する中でテニス用車いすは何度も目にしていたが、実物を見るのは初めてだった。百花は空港で樹脂製の車いすをさわった時よりも、もっと鮮烈なときめきに突き動かされてテントに駆けよった。

なんてかっこいいんだろう。そしてなんて美しいんだろう。

よくよく見れば、その場にならぶテニス用車いすは、おおむねの「型」は同じでも細部はそれぞれに違っていた。タイヤの角度がより急な車いすもあれば、全体のフレームが金属ではない真っ黒な素材で出来ているものもある。これも樹脂？　でも空港で見た車いすよりも、もっとなまめかしい光沢がある。何で出来てるんだろう……、と思わず魅惑的な車体に手をのばした。

「さわるな」

鋭い声に百花はびくりと手を止めた。

それまで競技用車いすしか目に入っていなかったが、テント内に人がいたのだ。目を惹くスカイブルーのポロシャツを着て、車いすの前にひざまずいている。工具を握っているところを見ると、修理でもしていたんだろうか。ポロシャツと同じ色のキャップを目深にかぶっているので顔はよくわからないが、きっと立ち上がればすごく背の高い、引き締まった身体つきの若い男性だった。

「ここにある車いすには、勝手にさわらないでくれ」

とても声の低いその人は、幾分口調をやわらげてくり返した。

「車いすは選手の足なんだ。しかも選手はこれから試合を控えてる。やり直しのきかないたった一回の真剣勝負だ。車いすに何かあったら取り返しがつかない。だから、見るのはいいけど、さわらないでくれ。調整がほんの一ミリくるうだけで、ベストのプレーができなくなることもあるんだ」

「すみません……っ」

本当に申し訳なくて百花は頭を下げた。本当に頭を下げるべき相手は車いすの持ち主である選手なのだろうが、その場には彼しかいなかったので下げてしまった。

青年は小さく顎を引くとまた作業に戻った。診察するように車いすにふれる手つきがかっこいい。彼の手もとには、無数の工具がぎっしり詰まったバッグがある。

「……あの、すみません。この黒い車いすは、樹脂で出来てるんですか？」

「樹脂じゃない、カーボンだ」

かーぼん、といかにも物知らずの発音でくり返すと、青年が少し顔を上げた。

「君は中学生じゃないのか？」

「高校生です、これでも三年生です……！」

「……すまない。けど、それなら中学の理科で習ったはずだ。カーボンはつまり炭素、元素記号C。軽くて頑丈で衝撃を吸収しつつ熱にも摩耗にも腐食にも強い有能素材だ」

「はー……でも、ここにあるほかの車いすは、ぜんぶ金属で出来てますね」

「ほとんどがアルミ製だ」

「カーボンがすごい有能素材なら、どうしてみんなカーボンを使わないんですか？」

「問題は二つある。まずカーボンは値段が高い。そして硬くて頑丈であるがゆえに調整がきかない。つまりいったん作ったら『ここを直したい』と思っても難しいんだ。その点アルミはとても柔軟で、製作したあとも調整しやすい。それにアルミの種類によっては航空機並みの強度もあるし、値段もカーボンに比べればとっつきやすい」

ポロシャツの青年は、これほどの説明を一瞬も作業の手を止めることなくしてくれた。百花は感歎《かんたん》して何度も頷きながら、美しい車いすたちを見つめた。

「ここにある車いすは、みんなタイヤがつるっとしてるんですね。さっきまで乗ってた車いすのタイヤには、自転車とか自動車のタイヤみたいにみぞが入ってました」

「さっきまで乗っていた？　意味がよくわからないが……日常用車いすは静音のためにみぞを入れてある。みぞがあることで、濡れた場所を走行した時の水はけもよくなる。けど競技用車いすは試合でベストのパフォーマンスを発揮することを最優先に作られるから、静音も水はけも要らないんだ。タイヤがなめらかなほうがグリップ――タイヤが路面をつかむ力が上がるから、より効率的に走れる」

「すごい……！　でもそれなら、普段もこっちの車いすを使うほうが便利なんじゃ」

「いや、こいつらは日常生活にはまったく適さない。回転性を上げるためにこうしてタイヤに角度をつけているけど、こんなに横幅の張ったしろもの、外を走ればすぐにあちこちにぶつかって本人も相当不便だ。駅の改札だって通れないし、背もたれがこんなに低いから長時間座れば身体にも負担がかかる。ブレーキだって、そもそも停まることを想定してないから付けられてない。こいつらはコートでこそ光るんだ。コートに立った選手が望みどおりに走れるように、そして勝てるように。そのために作られてる」

作業が終わったのか、青年は工具を地面に置いて車いすのフレームをなぞった。車いすに、調子はどうだと訊ねるような手つきだ。

「戦うためのマシンなんですね」

思ったことが口からこぼれて、あ、変なこと言っちゃった、と百花はあわてた。初めて青年がまともに顔を上げて、こちらを見た。

彼の唇に、ごく淡い笑みが浮かんだ。そう、とても――誇らしげに。

「どうかな、大丈夫そう？」

とてもたくましい身体つきの、車いすの男性がテントに入ってきた。

百花はそのよく日に焼けた男性の顔を見て、驚愕に打ち震えた。――み、三國智司！世界ランキング1位をずっと独占する車いすテニス界の王様だ！

「キャンバーブロックが少しずれてましたがホイールは異常ありません。大丈夫です」

「よかった。けっこう思いきりぶつかったからヒヤッとした」

歯を見せて笑った三國智司は、驚くほどスムーズな動作で日常用車いすから競技用車いすに乗り換えた。テニスウェアの上からでもありありとわかるほど腕が太く、胸筋が厚い。ここまで鍛え抜かれた肉体があるからこそ、幾多の敵を下してきた高速サーブや強烈なショットが打てるのだ。車いすとの一体感を確かめるように身体をひねっていた三國智司は「うん、いつも通り」とポロシャツの彼を見上げて微笑した。

「ありがとう。やっぱり日本の大会はこういうところが安心だな。腕のいいエンジニアがいつでも車いすを見てくれる」

「海外のリペアだって同じですよ。技術屋はみんなお互い様ってスタンスで海外選手も分け隔てなくサポートしてますから、あっちのエンジニアも国籍やメーカーに関係なくちゃんと車いすを見てくれます。だから今度は遠征先で少し故障したからって、棄権して帰ってくるのはやめてください。世界王者がそんなことで試合を降りたら、がっかりする人がどれだけいるか」

「そうは言っても、やっぱりちゃんと信頼できる人じゃないと車いすにはさわられたくないんだよ。替えの利かない大事な足だから」

「でもその大事な足、飛行機に積む時には一緒にインスタントみそ汁突っ込んだりしてますよね」

「だって遠征って最低一週間はかかるし、一週間もみそ汁が飲めないとか無理だろう？　俺、試合の日の朝は絶対みそ汁ないとだめ」

　インタビュー動画や記事の写真でしか見たことのなかった偉大な人物がすぐそこで談笑している様子に、百花はぽーっと見とれた。世界のトッププレイヤーなのに、すごく気さくな人だ。それにみそ汁が大好きなんだ。同志だ。

それにしてもポロシャツの青年は、ずいぶん三國智司に信頼されている様子だ。エンジニアと言われていたけど、どういう人なんだろう。背の高い後ろ姿を食い入るように見ていると、突然腕をつかまれた。

「あんたは病み上がりのくせにふらふらと……心配させるんじゃないの、まったくもう。宝良ちゃんたちのところに行くわよ」

眉を吊り上げた母に連行されながら、百花は名残惜しくテントをふり返った。その視線を感じたように、三國智司と話していた青年がこちらに顔を向けた。スカイブルーのポロシャツの胸もとに、何か文字が見えた。

『FUJISAWA』

あっと思って、母に引っぱられながら片手でスマートフォンをとり出して操作した。検索エンジンで調べると、トップにホームページが出てきた。

『車いすメーカー　藤沢製作所株式会社』

藤沢製作所、と呟いてみると、好きな人の名前を呼んだみたいに胸が高鳴った。

4

「百花ちゃん、身体は本当に大丈夫なの？」

紗栄子と宝良は、すでに決勝が行われる第1コートに到着していた。紗栄子はまっ先に百花の体調を案じてくれて、大丈夫です、と百花は笑った。

ひな壇状になった観客席には、最下段に車いすユーザーのためのスペースも設けられている。宝良はそのスペースの、コートを中央から見渡せる席に車いすを停めていた。

「モモ」

よく通る声で呼んだ宝良に、とっさに百花は返事ができなかった。

宝良の顔つきが、違う。頬に生気がある。瞳に強い光がある。

事故にあってからの、今にも透明になって消えてしまいそうな宝良じゃない。強くてまぶしくて戦士みたいな、あの宝良の顔だ。

これは、会わないでいた一カ月余りの間、宝良が続けていたリハビリの成果なのだろうか。いや――きっとそれだけではないはずだ。二日前から宝良はこの場所で、いくつもの試合を見ていた。世界レベルの選手たちの車いすテニスを。

宝良は知っているだろうか。自分が今どれだけ生き生きとした顔をしているのか。

「なんで会っていきなり泣いてるの。まだお腹痛いの？」

「い、痛くない……気合い入れて切ってもらったから、もう痛くない……」

「じゃあ何なの」

「う、うまく言えない――たーちゃん、どうだった？　試合見て、どうだった？」

宝良は風に鎖骨までの長さの黒髪をなびかせながら、コートに目をやった。

「レベルがどうかってことなら、すごいよ。あそこでプレーしてる人がみんな障がいをもってるってこと、試合を見てると忘れる。同じ人間だと思えないくらいすごい。試合見てると、落ち着かなくてヒリヒリする。一日ずっとテニスを見てるから、一日ずっとテニスのことばっかり考える。ここに来てからずっとそう。モモ、私ね」

まだ誰もいないコートを見つめながら、宝良は静かに言った。

「テニスしてるところ思い浮かべると、もう頭の中の私、車いすで走ってる」

観客席はすでに満員に近かったが、宝良の近くに座っていた女性が親切なことに場所を譲ってくれて、百花は宝良の隣に腰を下ろした。百花の両親と紗栄子は少し離れた席に座った。天候は暑すぎない薄曇り。テニスをするには絶好の天気だ。

大音量の音楽がかかった。選手がコートに入場するのだ。

今日、ジャパンオープン最終日は男女シングルス決勝戦。最初に執り行われるのは、女子シングルス決勝戦だ。

決勝の舞台に立つ二名の選手が、大きな拍手を受けながらコートに姿を現す。日常用車いすをこぎ、大きなラケットバッグを乗せた競技用車いすを押しながら。

先頭をやって来るのは、ヨハンナ・フィンセント。オランダの二十六歳で、世界ランキング1位の現女王。世界四大大会をはじめとして名だたるタイトルをさらっており、年間グランドスラム達成の実績もある。まさしく常勝国オランダの強さを証明する一人で、前年に引き続きジャパンオープン連覇を狙っている、と隣で宝良が教えてくれる。

フィンセントの次にあどけない少女が入場すると、ひときわ拍手が大きくなった。

七條玲。今年はじめの全豪オープンで初優勝を飾って以来、敗け知らずの快進撃を続ける十九歳。このジャパンオープンの前にも、三月のジョージアオープン、四月の釜山《プサン》オープン、大邱《テグ》オープンで優勝を果たしており、もし今日も優勝すればフィンセントを抜いて彼女が世界ランキング1位に躍り出る。

「フィンセントは、とにかくすごくパワーがある。球が速くて深くて対戦相手はあまりベースラインから動けない。準決勝は圧勝だった」

「す、すごい……じゃあ七條選手は？」

「あの人は——うまく言えないけど、なんか、水晶玉みたい」

喩《たと》えの意味がよくわからず百花が首を傾《かし》げると、宝良は言葉を探すように続けた。

「フィンセントみたいなパワーがあるわけじゃないし、私よりも身体は小さいのに、誰と戦ってもペースが同じで、ここっていう弱点がなくて、どんな球でも拾っちゃって、なんだかどこから見ても穴がなくて透きとおってる水晶玉みたいな感じがする。あんなテニスもあるんだって——ああいう強さもあるんだって、初めて知った」

宝良がここまで誰かを讃えることはめったになく、百花は内心驚いた。しかし、この決勝の舞台に立てるのは、それほどのプレイヤーだけなのだろう。百花は偉大な二人の選手による戦いを見届けるためにコートを見つめた。

ベンチで水分補給しているフィンセントは、金髪のショートヘアがクールな迫力美人だ。彼女は幼い頃に事故で左脚を切断したのだという。やがてフィンセントは観客の前で競技用車いすに乗り換えたが、その車いすが独特だった。先が欠損した左脚はソケットで固定し、右脚はひざまずいた状態でクッションとベルトで固定する。「座る」というよりも立ち膝のような体勢だ。あんな車いすもあるんだ、と百花はまばたきも忘れて見入った。自分でもなぜこんなに胸が高鳴るのかわからない。ただ、誰かがフィンセントの最高のプレーを実現するために、試行錯誤の末にあのユニークな車いすを作り出したのだと思うと、たとえようのない熱さが胸にこみあげるのだ。

一方、栗《くり》色の髪を頭の後ろでおだんごにした七條玲も、水分補給を終えると普段用の車いすから競技用車いすに乗り換えた。ひょい、と彼女があんまり軽やかに腕の力だけで移乗したので百花はびっくりした。愛らしい外見とは裏腹の筋力だ。

七條玲は、二分脊椎症という先天性の障がいのためにじょじょに歩行が困難になり、幼い頃から車いすで生活してきたのだそうだ。彼女の競技用車いすはオーソドックスな型でとても端整だ。ボールネットを取り付けた背もたれには『FUJISAWA』と刺繍されていた。ハンドリムを握ってコートに向かいかけた彼女は、あれ？　というように額に手を当てると、またベンチに戻ってきた。サンバイザーを忘れてしまったらしい。はにかんだ様子で水色のサンバイザーをつける彼女に、百花はキュンとした。

　フィンセントと七條玲がコートに入ると、主審が二人のもとにやって来た。試合前のコイントスだ。表か裏かを両者で賭けて、勝者は第1ゲームのサーバーになるか、レシーバーになるか、あるいはどちら側のコートを取るかを選ぶことができる。逆に自分は選択権を放棄して、相手にそれらを選ばせてもいい。

　コイントスの結果はフィンセントの勝ちで、彼女はサーブを選んだ。七條玲が百花から見て右手側のコートに移動を始めた。第1ゲーム、七條玲はそちら側でレシーバーとなり、フィンセントは反対コートでサーバーとして試合を始めることになる。

　コートに入ったフィンセントと七條玲は、ウォームアップのショートラリーを始めた。火花散る打ち合いではなく、どちらもリズムや球種を確認するように丁寧に球を打ち返す。その次はサーブ練習となり、百花はフィンセントのサーブにおののいた。

「フィンセント選手のサーブ、めちゃくちゃ速いよ……!?」

「でもあれ、まだ本気じゃない。準決勝はあれの三倍速かった」

　百花もテニス部の端くれなので（ちょっぴり）試合経験があるが、サーブを打つ時は足からラケットを握る手に至るすべて、文字どおり渾身《こんしん》の力を使う。しかし車いすテニス選手は、座位の状態でサーブを打たなければならない。もし百花が椅子に座ってサーブを打てと言われても、ネットを越えさせることができるかどうかも怪しいところだ。それをフィンセントは事も無げに剛速球を打ちこむし、七條玲も威力は劣るものの驚異的にブレのないサーブを打ち続けている。二人は、いや車いすテニスプレイヤーは、これほどの技術とパワーを得るためにどれだけの訓練をしているのだろう。

主審が二人をうながした。フィンセントと七條玲はネットぎわに車いすを寄せて手を握り合う。握手を終えた二人はすぐに背を向け合って、車いすを走らせた。

「ザ・ベスト・オブ・3タイブレークセット　フィンセント・トゥー・サーブ・プレー」

試合開始を宣言する主審の声が響く。サーブはコートのベースライン外から打たなければならない。センター寄りの位置についたフィンセントは、黄色の球を数回バウンドさせてからトスを上げた。なんてまっすぐで高いトス、と百花が思った刹那には、唸《うな》るような気合いの声とともにフィンセントの腕がしなっていた。

一瞬で七條側のセンターラインぎわを打ったボールは、バックハンドで返そうとした七條玲の動きをはるかに凌駕《りょうが》してコート外に消えた。

「15《フィフティーン》－0《ラブ》」

いきなりのサービスエース。どよめきが上がり、百花も愕然《がくぜん》とした。練習の時よりもずっと速く攻撃的なサーブ。宝良の言ったとおりだ。

次のフィンセントのサーブも凄《すさ》まじい威力だった。だがトスの段階から車いすを走らせ前に出た七條玲が、サイドラインぎりぎりに浅く速い絶妙な球を返した。一般テニスならばこれで決まったはずだ。だが車いすテニスは違う。

猛然と車いすを駆ったフィンセントは、ライン外に出たボールがツーバウンドした瞬間、強烈なバックハンドで逆クロスに打ち返した。この時には七條玲も車いすを高速ターンさせてボールの飛ぶ方向に走っていた。相手の動きを予測していたのだ。

だが宝良が言ったとおりフィンセントの球はパワフルで深い。

それでは遅すぎると嘲笑するように球は七條玲の脇を矢のように抜き去り、ベースライン上を打ってコート外の垂れ幕にぶち当たった。

「30《サーティ》－0《ラブ》」

再びどよめきと、フィンセントの華麗なショットを讃える拍手が起こる。百花は目の前で展開されるゲームのあまりの迫力に息をするのも忘れていた。

車いすテニスのツーバウンドルールは、もともとは車いすでボールを追うことの困難さを考慮して設けられたものだ。だが現在では車いすの性能も、選手の技術レベルも、昔とは比べものにならないほど向上した。世界の舞台に立つ選手は、もはやほとんどの球をワンバウンドで返球できる。

今やツーバウンドルールは、車いすテニスに気が遠くなるようなゲームの広がりを与える存在に変わった。きわどい場所に球を決めるだけではポイントを奪えない。ツーバウンドのうちに追いつけないほどのスピードで相手を出し抜くか、ツーバウンドの猶予があっても追いつけないほどの距離に決めるか、それともまったく相手の意表を突く策を実行するのか。

　車いすテニスで王者になろうとする者は常に考え続けなければならないのだ。テニスの技術とチェアの技術、戦術と戦略の競り合いに勝った者が、コートを支配する。

　その後、七條玲がフィンセントの強力なサーブを絶妙なコントロールでストレートに返して「30―15《サーティ・フィフティーン》」となった。が、直後にフィンセントが再びサービスエース。

「40―15《フォーティ・フィフティーン》」

　そしてたたみかけるようにフィンセントは、七條玲のリターンをあの矢のように相手の脇を抜き去る強力なバックハンドで打ち返した。

「ゲーム・フィンセント　ファーストゲーム」

　ああ……、と控えめにだが落胆の声が観客からあがった。百花もフィンセントの熟達の試合運びに感動を覚えつつも、やはり七條玲を応援してしまっていたので気持ちはわかる。彼女は車いすテニスを知るきっかけになってくれた存在だし、歳も一つ違いなので親近感があって、心の中では「レイちゃん」と呼ぶくらい好きなのだ。

　だけど、まだ第1セットの第1ゲーム。まだここからだ。

　サーブ権がチェンジし、七條玲がベースライン外のポジションにつく。ボールを数度バウンドさせてから、軽やかにトスを上げる。百花は息をひそめてサーブを見守った。

「0―15《ラブ・フィフティーン》」

目にも止まらぬ、という形容がふさわしいフィンセントのリターンが決まり、どよめきが上がった。どよめかずにはいられないショットだったのだ。疾風のように肉薄するなりフォアハンドのダウン・ザ・ライン。七條玲はまったく対応できなかった。

「たーちゃん、どうしようすごく強いよ……!?」

「当たり前だよ、世界1位なんだから。それにあの人、たぶん今コンディションが最高なんだと思う。すごい切れ」

しばらく打ち合いが続き「30―40《サーティ・フォーティ》」となったところで、七條玲がフォルトを出した。練習では一度も外していなかったのに、と百花は気を揉んだ。セカンドサーブもフォルトになればダブルフォルト、フィンセントにポイントが入り、ゲームを落とす。

七條玲はテレビやインタビューで見せる明るさとは裏腹に、試合中は感情を読ませないポーカーフェイスになる。この時もそれを崩すことなく、セカンドサーブはきれいにフィンセント側のサービスコートに入れた。それでもダブルフォルトを避けようとしたためだろう、ファーストサーブよりはややスピードが落ちていた。

これをフィンセントは逃さない。

甘い、とばかりにスピードに乗って逆クロスにハードヒット。ベースラインに下がっていた七條玲に追いつく猶予を与えない、高速の鋭角ショットだった。

「ゲーム・フィンセント　フィンセント・リード　2―0《ツー・トウー・ラブ》」

歓声があがった。

ブレーク。こんな序盤でもう。

テニスでは4ポイントを先取することで1ゲームを取り、6ゲームを先取することでセットを取る。ただしそこには「2ポイントあるいは2ゲーム以上の差をつける」という条件があり、つまり「40―40」と並んだ状態ではゲームを勝ちとることはできないし「6―6」とゲームカウントが並んだ状態ではセットを取ることができない。

ゲームを勝ちとり、セットを奪うには、相手のサービスゲームを必ずどこかで破らなければならないのだ。

そしてフィンセントはまたたく間に七條玲のサービスゲームをブレークした。このあと彼女が自分のサービスゲームをキープし続ければ、七條玲はセットを落とす。

もちろんまだたった2ゲームが終わっただけだ。これから挽回《ばんかい》のチャンスはいくらでもある。けれど、そのたった2ゲームは、どれほどフィンセントが強靭な選手であるかを知らしめるのに十分な内容だった。このまま七條玲は歯も立たず負けてしまうのではないか――そんな予感を抱かせるほど、世界1位の力は圧倒的だった。

「大丈夫」

まるで心の中を読んだように、隣で宝良が小さく言った。え、と百花が顔を向けると宝良はコートを見据えたまま静かに言った。

「準決勝でドイツのニーナ・ディートリヒとやった時も、あの人、こんな感じだった。やっぱりディートリヒもパワー型の選手で、あの人は最初完全に押されてるように見えたの。でも、途中でいきなりひっくり返した」

結果から言えば、宝良の予言は的中した。

第3ゲームも最初はサーブ権を握ったフィンセントの優勢に見えた。最初のサーブでいきなりサービスエース。次のサーブは七條玲が的確なリターンを決めたものの、フィンセントのフォアハンドで返り討ちにされた。次のサーブも七條玲は果敢に打ち返すも、息詰まる長いラリーの末、フィンセントの強烈なバックハンドに決められた。

「40《フォーティ》－0《ラブ》」

誰もがこのコールを聞いた時、七條玲はこのゲームも落とすと予感したに違いない。

だがフィンセントが、とどめとばかりに弾丸のようなサーブを放った瞬間だ。

フィンセントがトスを上げた段階から走り出していた七條玲はさらにスピードを上げ、パァンと打球音をこだまさせながらリターン。フィンセントのサーブのスピードを逆手にとったネットをかすめ飛ぶ低い速球は、フィンセントの車いす右ホイールの至近距離に弾《はじ》けた。一般テニスで言えば「ボディ」に該当する車いすを狙った球は、もっとも返しにくいコースのひとつだ。そこに緻密なコントロールとカウンターのスピードで一撃を食らったフィンセントは手が出ない。

「40－15《フォーティ・フィフティーン》」

続くフィンセントのサーブも七條玲は快音を響かせてリターン。今度は先ほどと打って変わって、高くネットを越えて相手コートの奥深くに飛ぶボールだ。

フィンセントはアウトの可能性を考えたのかもしれない。宙を見上げて少しだけ動きが鈍った。だが長い滞空時間の末、ボールはベースラインのぎりぎり内側に落下した。

信じられないコントロールに観客がどよめく。

すかさずフィンセントはワンバウンドしたボールを強烈なフォアハンドで返球した。決まった、と百花は思って息を止めた。それほどのショットだったのだ。

だが驚異的な加速で迫った七條玲は車いすから転げてしまうのではないかというほど上半身と右腕をいっぱいに伸ばした。そして、ああ信じられない、ラケットがボールを捉える。打ち上げられたボールは弧を描いて左サイドのネットぎわに落下、ベースライン近くまで下がっていたフィンセントはこれに追いつけない。

「40－30《フォーティ・サーティ》」

歓声と拍手が起こる。だが七條玲の快進撃はこれにとどまらなかった。次のフィンセントのサーブがサービスコートの角に突き刺さった瞬間、その球の軌道上になめらかなチェアワークで滑りこんだ七條玲は、間髪入れずにラケットを振り抜いた。

非の打ちどころのないダウン・ザ・ライン。完璧なリターンエース。

「デュース」

テニス部の端くれの百花もほんの少しだが経験がある。勝負の「流れ」、そうとしか表現できない不可視の風向きが確かに試合にはあって、それまでまったく進まなかった船が風に帆をふくらませてぐんぐん進み出すように、優勢であった者と劣勢であった者がふとした瞬間に入れ替わることがある。

今まさに、それが目の前で起きている。

「アドバンテージ七條」

フィンセントのオープンコートをつらぬく鋭いクロスショットを七條玲が決めると、もはや観客は熱狂した。

フィンセントもここで流れを食い止めなければと思い定めたのだろう。次のサーブからは激しいラリーが続いた。両者一歩も譲らない、車いすテニスプレイヤーとしてのチェアワークとショットの粋を極めた鬼気迫るストロークだ。

フィンセントがひときわ激しい気迫とともに強打した。右に寄っていた七條玲のオープンコートを突く絶妙のショット。だが七條玲もコンパクトでしなやかなチェアワークで瞬時にターンすると、みるみるボールに迫り、ラケットに捉えた。

てっきりまた激しいラリーが続くと百花は思った。

だがボールは力みのない小さな放物線を描き、ふわっと宙を舞った。

ドロップショット。フィンセントは即座に凄まじいスピードで車いすを駆ったが、彼女のラケットが届く前にネットを越えたボールはツーバウンドして転がった。

「ゲーム七条　フィンセント・リード　2－1《ツー・トゥー・ワン》」

拍手と歓声が弾けた。百花も夢中ですばらしいプレーを讃える拍手を送った。

取ってしまった。「40－0」の局面から。しかもブレークバック。

「すごい、え、どうしてこんな急に!?」

「慣れたんだと思う、フィンセントのサーブに」

歓声のなか冷静にコートを見据える宝良を、百花はぎょっと見返した。

「慣れる?　慣れるって、できるの?」

「私もそういう体験したことあるから。最初は全然歯が立たなかったサーブも、ゲームを重ねるうちに見えるようになってくるの。あの人も今まで黙ってやられてたわけじゃなく、フィンセントをよく見てたんだよ。今のあの人、速さに追いつくだけじゃなくてたぶんコースも読んでる。フィンセントが打つ前に動くことが多くなってる」

確かに七条玲は第3ゲームに入ってからフィンセントのサーブをすべて返している。

「それにあの人、少しずつ打ち合いのテンポを上げてる。それに引きずられて、フィンセントはリズムを崩してる。あの人、私よりも身体がちっちゃいし、細いし、パワーは海外選手のほうがずっとすごい。でもゲームを『作る』力は今まで見た誰よりもすごい。一昨日《おととい》からずっと試合を見ててわかったんだけど、車いすテニスにはビジョンが必要なの。自分がポイントを取るための筋書き。そこに相手を引きずりこめるかどうか。あの人は今フィンセントを自分のゲームに引きずりこんでる。ボディに球を返して勢いを切ってから、後方に足止めして前に決める。わざとオープンコートを作って、そこに打たせておいてカウンターを決める。私は見てるだけだけど……それでも怖いよ」

怖いのは、と宝良の横顔を見つめて百花は思った。

怖いと思うのは、宝良が戦っているからだ。身体はここにあっても、心はコートの内で戦ってる。フィンセントと、七條玲と。世界の名だたる選手たちと。

コートチェンジで陣地を入れ替えて始まった第4ゲームは、何が起きたのかと思うほどの速さで七條玲がキープ。これでゲームカウント「2―2」。だがこのまま好きにさせては女王の矜持《きょうじ》がゆるさないとばかりに第5ゲームはフィンセントがキープ。第6、第7ゲームは七條玲が連取して、第8ゲームは前ゲームをブレークされたフィンセントがまたもやブレークバック。戦況は振り子のように行きつ戻りつして、観客は勝負の行方をひたすら息を殺して見守った。

だが流れはやはり七條玲のほうに傾いていた。フィンセントの強力な回転のかかったバックハンドをかろうじて返した七條玲は、浮いた甘いボールを仕留めるためにフィンセントが前に出ると、誰もが決まると思った強烈な一撃を、自分もネットぎわに滑りこんで高い打球音を響かせながら打ち返した。まさかこの展開に持ちこむためにわざと相手に打たせたのか、と思い至った瞬間、耳の奥で宝良の声がリフレインした。

『あの人は今フィンセントを自分のゲームに引きずりこんでる』

「ゲーム・アンド・ファーストセット七條　6－4《シックス・トゥー・フォー》」

どよめきが会場を包む。取った。序盤で押されていた七條玲が、第1セットを。

拍手の中、選手はそれぞれの荷物が置いてあるベンチへと向かった。セットとセットの間には百二十秒の休憩時間がとられる。厳密にいえば休憩時間とは違って「次のサーバーがサーブを打つまでに百二十秒の猶予がある」ということなのだが、この間に選手たちは汗をぬぐい、水分を補給し、少しでも疲労した肉体を休ませる。

第2セットの第1ゲームは、フィンセントのサーブから始まった。だがこの初っ端《しょっぱな》のゲームから予想外の展開になった。

フィンセントは鋭い気合いの声とともにあの恐るべき威力のサーブを放ったが「フォルト！」のコールがあがった。続くセカンドサーブも勢いよくネットに引っかかった。

ダブルフォルト。あのフィンセントが。

「0―15《ラブ・フィフティーン》」

スポーツは何であってもそうだが、テニスもメンタルがパフォーマンスに直結する。わずかな焦りが、緊張が、迷いが、身体の歯車をくるわせていつも当たり前にできていることをしくじらせる。百花は思わず、がんばって、と祈る気持ちで念じた。

だが百花ごときに祈られるまでもなく、フィンセントは歴戦をくぐり抜けた猛者《もさ》だ。たびたびフォルトは出しつつもパワーの衰えないショットで七條玲とのストロークを粘り、シーソーゲームのようにポイントを獲《と》り合っていく。そして機が来たと見ると、渾身のフォアハンドを打ちこんだ。

球が向かうのは、方向転換のために車いすをターンさせている最中だった、七條玲の左肩先。

車いすの弱点だ。サイドステップができないために、方向転換のためには必ずターンしなければならない。ターンは一瞬だが、しかしその一瞬は確実にボールが視界から消え、ラケットを振ることができなくなる。その状態でボディ近くに球を打たれれば対応は極めて困難だ。フィンセントは的確にその弱みを突いた。

抜かれたと思った。きっと会場の誰もが。

だが七條玲は見えているはずのないその球を、ターンと同時にバックハンドで打ち返した。まるでターンの動きを、球を打ち抜くためのテイクバックにすり替えた具合に。

車いすを回転させるスピードも上乗せされたボールは一瞬でフィンセント側コートのベースラインぎりぎりを打ち、コート外へ。

「30《サーティ》―40《フォーティ》」

熱狂的な歓声が弾けた。

「えっ、えっ、今の何!? 見ないで打った!?」

「見てたんだよ。ターンする〇・一秒前までボールを追って、背中を向ける間の〇・一秒間にボールの位置を完璧にシミュレーションして、打った」

これが勝負の流れを決定的にした。

フィンセントのサービスゲームをブレークした七條玲は、続く第2ゲームを危なげなくキープ。対してフィンセントはサーブの調子が戻らず、第3ゲームでもフォルトを重ねて二度目のブレークをゆるした。七條玲は次の第4ゲームも完封でキープ。立て続けに4ゲームを奪われて、百花だったら心が折れるような局面だ。だが、無論フィンセントは百花ではなく世界の頂点に立つ女王であり、女王は不屈だった。

第5ゲームの初っ端のサーブで、フィンセントはいきなりサービスエースをさらった。第1セットの後半から神がかり的に調子を上げている七條玲が、まったく手を出せないスーパーサーブ。これで調子をとり戻したのか、このゲームはフィンセントがストレートでキープ。さらには続く第6ゲームもフィンセントがブレークした。

だが七條玲も黙ってやられてはいない。第7ゲームに入るとしなやかなチェアワークでフィンセントのショットをことごとく打ち返し、お返しとばかりにブレークバックした。そして第8ゲームに入れば、再びフィンセントが恵まれた体格からくり出すパワーを存分にふるい、七條玲のサービスゲームを破った。続く第9ゲームでも、世界女王は鳥肌が立つようなスーパーショットを次々とくり出し、圧巻のキープ。

百花は目の前でくり広げられる勝負のスリルに息を忘れ、酸欠でクラクラした。隣の宝良もまばたきもせずコートを凝視している。これが世界トップレベルの車いすテニスなのか。損なわれた肉体の残存する機能を極限まで鍛えあげ、戦うためのマシンをあやつるアスリートたちの一騎打ち。

ここまででゲームカウント「5—4」。フィンセントが次の七條玲のサービスゲームをブレークすれば「5—5」でタイとなり、もはや勝敗の行方は完全にわからなくなる。逆に七條玲が次のゲームをキープすれば「6—4」となって勝利を手にする。

運命の第10ゲーム。

七條玲のサーブを皮切りに、鬼気迫るようなラリーが続いた。サイドラインとベースラインが交わる点に針を通すように七條玲が放った精密ショットを、ダイナミックなチェアワークで迫ったフィンセントが信じがたい鋭角ショットで打ち返す。フィンセントの剛球がベースラインを打ち抜いて宙に舞い上がれば、七條玲が草原を駆けるチーターのような速さでそれを捕捉し、度肝を抜くドロップショットで仕掛け返す。

「デュース」

点を取られ、取り返し、主審のコールだけが冷厳と響く。もうこの勝負がどんな結末を迎えるのかまったくわからず、観客は固唾《かたず》を呑むしかない。見守る者たちにかろうじてわかることがあるとすれば、目の前で精神を削り合うように戦う二人の車いすテニス選手、そのどちらもがただただ凄まじいアスリートであるということだけだ。

「アドバンテージ七條」

長いラリーの末に七條玲が鋭角ショットを決めると、会場は最高潮に緊迫した。次に七條玲がポイントを取れば、彼女がこの一戦を制す。フィンセントがポイントを取れば、勝負は行方のわからない長期戦にもつれこむ。

七條玲のサーブ。フィンセントのリターン。車いすの足もとを狙って返されたフィンセントの鋭いボールを、七條玲がサッとラケットを下げるだけの見事な対応で返した。宙に浮いたボールを、フィンセントが振り上げたラケットで叩き落とす。決まった、と見えたボールに、けれど七條玲は恐るべきスピードで肉薄し、ツーバウンドで見事に返した。高速でネットを越えた低いボール。がら空きだったフィンセントの左サイド奥を突く深い精密ショットだ。

間に合わない、と百花は思った。あんなに遠くのボール、間に合うわけがない。だがフィンセントは猛然と車いすを走らせる。諦めるという選択肢など最初から持ち合わせていないというように。これまで車いすテニスに捧《ささ》げてきた時間と心のすべてを、今のこの一瞬に懸けるかのように。

フィンセントが唸るような気合いの声とともに高く球を跳ね上げた。

どよめきの中、誰もが宙を舞ったボールを凝視した。越える、ネットを、越えた。

まさかあれを返すなんて。百花は跳ね返るボールを追って顔を反転させた。

七條玲は？

まるで彗星のように銀色の車いすがコート中央へ滑りこむのが見えた。

そこへ約束していたように黄色のボールが落下してくる。

七條玲は迎えるように高くラケットを振り上げ、鋭い気合いとともに打ち下ろした。

美しい打球音とともにボールは一瞬の流れ星のようにがら空きになったコートに吸いこまれ、バウンドと同時に高々と宙に跳ね返り、コートを囲む金網にぶつかった。

「ゲームセット・アンド・マッチ七條　6－4《シックス・トゥー・フォー》　6－4《シックス・トゥー・フォー》」

天まで突き抜けるように大歓声が弾けた。

百花も声をあげて夢中で拍手した。しばし宙を仰いだフィンセントが、静かに車いすを走らせてコート中央へ向かう。七條玲もネットぎわに車いすを寄せ、汗みずくの二人は笑顔で握手を交わした。さらに夕立のような拍手がコートに降り注いだ。

「――モモ」

ささやくような宝良の声は、二人の健闘を讃える歓声にまぎれてしまいそうだった。

「私、やっぱりテニスがしたい」

初夏の陽射しを受ける、宝良の瞳。曇りも迷いもなく澄み切った瞳だった。

「私、帰ったらもっとリハビリする。それで、車いすテニスをする」

百花は身動きもできず宝良を見つめ返した。その言葉はもうずっと前からわかっていたような気もしたし、それでも宝良がその言葉を口にしたのは奇跡のようにも思えた。

そうだ、奇跡だ。

死んでもおかしくなかった事故を生き延び、宝良がここにいることも。あのうつろな目でベッドに横たわっていた宝良が、今こうして夢を語っていることも。

胸が熱くなって、目の奥と鼻の奥も熱くなって、気がついたら言葉がこぼれていた。

「たーちゃん、わたしもね、車いすを作りたい」

鳴りやまない拍手と歓声のなか、宝良はまばたきをくり返していた。そして「え?」と、たぶん聞きまちがえたに違いないからもう一度言ってくれというように眉をひそめながら片耳をこちらに向けた。

その宝良の顔がおかしくって、なんだか空も飛べそうなくらい気持ちが浮き立って、百花は宝良の車いすのアームレストに両手をおいて抱きつくような勢いで身を乗り出した。宝良はたじろいだ表情で身を引いた。

「たーちゃん、空港であの車いすに乗った？　金属探知機に引っかからない車いす」

「え、うん……」

「あれ、すごいよね。かっこいいよね。車いすってかっこいい。今日試合見てますます思った。どうして選手があんなに激しい動きしても倒れないんだろう？　なんであんな氷の上を滑ってるみたいに走れるんだろう？　そうだ、たーちゃん見た？　この会場に選手の車いすを修理する人が来てるの。藤沢製作所っていう車いすメーカーの人。あの空港の車いすを作ったのも、その藤沢製作所なの。あと試合中にちらっと見えたけど、七條選手の車いすにも『FUJISAWA』って書いてあった。ねえすごいね、たーちゃん。世界には車いすを作ってる人たちがいるんだよ。車いすの人のことを考えてる人たちがいるんだよ。どうしたらもっと便利になるかな、どうしたらもっと速く走れるのかなって毎日研究してる人たちがいるんだよ。わたし、今日まで知らなかった」

初夏の清々しい風が頰をなでていく。澄み切った風が胸にも吹き抜ける。初めて知った。夢を見つけた時、こんな気持ちになるということを。

「わたし、将来は藤沢製作所で働きたい。それで競技用車いすを作りたい」

宝良の目がみるみるまるくなる。百花はにんまりした。

「ねえ、たーちゃん。車いすテニス、別に趣味でするんじゃないよね？　たーちゃんのことだから『世界行ってやる』くらい思ってるんだよね？」

「当たり前」

真顔で即答した宝良が抱きしめたいほど大好きで、百花は笑った。

「じゃあ、たーちゃん。たーちゃんはパラリンピックにも出るくらいの、最強の車いすテニス選手になって。わたしは、たーちゃんのために最高の車いすを作るから」

宝良は三秒間くらい、唇に隙間を作ったまま黙っていた。

「……すごいさらっと言ったけど、パラリンピックに出るってそんな簡単なことじゃ」

「でもたーちゃん、世界めざすんでしょ？　日本一だって取ってやるって思ってるんでしょ？　日本一になったらパラリンピックにだって出れるよ。それでね、たーちゃん。車いすテニスの世界的選手になったら、わたしの作った車いすに乗って。それで二人で世界のいろんな大会をまわろう」

その未来を想像して、なんて素敵だろう、と思った。

長かった冬の間、自分たちの未来にはもう希望や喜びなどないのではないかと思った。でも今自分たちは、それぞれの夢を見つけた。わたしたち二人の未来は、なんて可能性にあふれてまぶしくて待ち遠しいのだろう。

約束のしるしに、百花は宝良に右手をさし出した。

あっけにとられたようにその手を見ていた宝良は、不意にふき出した。声をこぼして笑い、そのうち笑いすぎて涙まで出てきたらしく目じりをぬぐう宝良を、百花は身動きできないほどの感動と一緒に見つめた。昨年秋の事故から七カ月。あれから初めて見る、宝良の心からの笑顔だった。

「ほんとにばかだね、モモは」

五月の若葉と、風と、青空にかこまれたコートで、光が散るように笑いながら宝良は百花の手を強く握り返した。

あれから四年の月日が経つ。それでも一日も忘れたことはない。

あの日に交わした約束。あの日の宝良の笑顔。

わたしの人生を照らす光。

第三章

1

七月に入ってから千葉は梅雨らしい曇りと雨をくり返す天気が続いた。田んぼと畑に囲まれたのどかな道を自転車で走ると、ミストを顔に吹きかけたみたいに空気中の微細な水の粒子が皮膚をしっとりと湿らせる。

曇り空の下を自転車で走りながら、百花は何度目かわからないため息をついた。もう、昨日の自分を思い出すと、このまま本州の端っこまで走って行ってしまいたい。

アパートから平和な田園地帯を自転車で走ること約十分。あぜ道の向こうに『藤沢製作所株式会社』とスカイブルーの地に文字を白抜きした看板が見えてきた。

藤沢には車通勤者も多いので、門から桜並木の道を抜けたところに駐車場が整備されており、そのすみっこにトタン屋根付きの駐輪場がある。百花は自主的に早めの出社をしているので駐輪場にはまだほかに自転車はない。入社時に買ったオレンジ色の自転車を停めて、また思わずため息をもらしながらチェーンを取り付けていた時だった。

「なあに？　若い娘さんが朝からため息なんてついちゃって」

からかうような声にふり向くと、スタイリッシュな日常用車いすに乗った藤沢由利子がいた。彼女も今来たところなのだろう、駐車場の車いすマークがついたスペースに、由利子の愛車が停まっている。『世界でもっとも憧れる女性リスト』の不動ナンバーワンが突然登場したものだから、百花は動揺のあまり赤面しながらおじぎをした。

「おっ、おはようございます」

「おはようございます。山路さん、早いのね。私も今日は早めに出てきたんだけれど」

「第二工場の仕事、まだ自信がないので、始まる前にいろいろ復習したくて……」

「まあ、なんて熱心なの。こんな人に入社してもらえて本当によかった」

由利子が本当にうれしそうに笑ってくれたので、百花も照れ笑いがこぼれた。

藤沢製作所は社員も少ない小さな会社なので、社長や重役と社員たちの距離が近い。それは会社のトップである由利子の方針でもあるのだろう。春には桜並木で花見の会があり、夏にはスイカとビールを楽しむ会があり、秋には焼き芋会があり、冬には由利子特製の鍋を楽しむ会がある（もちろんすべて自由参加だ）。

そういう催しの時は役職や上下関係に気兼ねすることなく社員は日ごろの思うところを話すべし、という決まりになっており、百花も由利子と親しく話す機会が何度かあった。そんな距離の近さが肌に合う人もいれば苦手な人もいるだろうが、百花は由利子の姿勢を素敵だと思うし、そんな彼女も素敵だと思う。今はまだ社会人二年目のひよっこだけれど、こんな大人になりたい、と由利子を見ていつも思う。

「でもね山路さん、熱心でまじめなところはあなたの長所だけれど、無理は禁物よ。誰だって新しい仕事を身につけるには時間が必要なんだから焦ることはないの。この仕事は体力勝負だし、今はとくに第二工場は忙しいから、自分をいたわらないと」

「ありがとうございます。でも無理はしてないです。わたし、体力だけはあるので」

「そう？　それならいいんだけれど――あなたが第二工場に移ってもう三カ月ね。快適に仕事はできている？　現場で不便なことや悩んでいることは、何かない？」

悩んでいること、という言葉に反応してしまった。由利子は「あら」と心を透視する占い師のように百花の顔をじっと見た。

「『何かあります』っていう顔ね」

「いえ、不便なんて全然――」

「工場の人たちはみんな気がいいし、岡本さんはいつもスタッフに気を配ってくれる人よね。でも第二では女性はあなた一人だけだし、もし岡本さんや先輩たちに言いづらいことがあれば、話してみて」

今胸につかえていることは、きっと由利子が思い浮かべている問題とはまるで違う。自分でも、まったくしょうもないと思う悩みなのだ。

それでも誰かに聞いてほしいという気持ちに抗《あらが》えなくて、百花は声を絞り出した。

「……第二工場に異動してから、わたしは、小田切主任に面倒を見ていただいてます」

「ええ、知ってます」

「主任はとても、すごい人です。仕事ができて、それだけじゃなく、意識というか考え方も。主任のように、わたしも早くなりたいんです。だけど全然だめで——」

情けなくなって尻すぼみに言葉を切った。由利子は、目をまんまるくしていた。

「山路さん……こんなことは言われるまでもないでしょうけど、小田切さんはうちに入社してから今年で七年目。あなたはまだ入社から一年半も経っていないわ。できることに差があるのは当然よ。そして、できないことは悪いことではない。だってあなたは、これからそれができるようになるために学んでいるわけでしょう？」

「そうなんですが……でもきっと、わたしが主任と同じ歳になってもまだ全然追いつかないです。昔からそうなんです。要領が悪くて、頭も悪くて、ブスでグズで、いろんなことがみんなみたいにうまくできない。みんなと同じだけのことをやろうとすると、わたしだけすごく時間がかかるんです。それじゃだめなのに、急がなくちゃいけないのに、何をしたらいいのかもよくわからなくて——」

「ばかなことを言わないで。あなたはとても愛らしいし、要領よくできない代わりに努力を惜しまない美徳の持ち主ですよ。私に直接電話をかけてきた高校生なんて、後にも先にもあなただけなんだから。ねえ、山路さん、時間がかかってはいけないの？　仕事って、時間をかけて自分を育てていく行為でもあると私は思います。時間をかけなければ得られないものをひとつずつ手にして、懸命に磨いて、それを世の中へ還《かえ》していく。仕事とはそういうものではないかしら」

——でも、宝良は、もうあの約束を果たそうとしている。

わかっている。焦ったところでどうにもならない。でもわかっていながら焦るし不安になるし怖いのだ。自分がちゃんと進めているのか、ものになるのか、何ひとつ自信が持てなくて、目の覚めるような結果を出し続けている宝良を見ると心臓が軋《きし》む。

宝良の隣にいられなくなることより、怖いこともつらいこともない。

「——早く主任のようになりたいんです。でも、わたしじゃ、全然……」

これ以上言葉を重ねても由利子を困らせるばかりだと気づいて、百花は口をつぐんだ。由利子は眉を八の字にしつつ、百花の右手を取ってトントンとやさしく手の甲を叩いてくれた。ちょっと涙がにじんだ。そこで由利子が、ひょいと車いすのアームレストから身を乗り出して百花の背後に声を投げた。

「ということだけれど、先輩のご意見はどう?」

鼻をすすっていた百花は「うっ?」と驚き、青ざめながらふり返った。すると何ということであろうか、小田切が立っていた。モノトーンのスポーツウェアにシューズという恰好で、普段の作業服姿とはだいぶ印象が違う。小田切は会社から徒歩で四十分ほどのマンションに住んでいるが、毎朝そこから会社まで走ってきているのだそうだ。

小田切は苦い物でも噛んだような渋面で眉をひそめている。その表情からこれまでの話をあらかた聞かれたのは明白で、百花は顔が燃えそうな気持ちで後ずさった。誰か、特大のスコップを。あるいは掘削機《くっさく》を。とにかく今すぐ穴を掘って埋めてほしい。

いや——違う。穴より先に昨日のことだ。

「昨日はすみませんでした！」

「……待て、山路」

「パラリンピックも近くて、選手も工場も忙しい時に、本当に甘ったれたことを——」

「ひとまず口を閉じて顔を上げろ」

低音の命令が飛んで、百花は息をつめながら身体を起こした。小田切はあいかわらず渋面のまま指先でこめかみを掻き、小さくため息をついた。

「まず昨日のことだが、別に『こういう仕事をしたい』と希望するのは謝るようなことじゃないだろう。すぐに実現できるかどうかは別として、やりたいことをできたほうが身を入れた仕事ができるし、そのほうが会社の利益にもなるに決まってる」

「あら、先輩らしいことを言うようになって。やっぱり後輩を持つと違うわねぇ」

「社長、おそれいりますが、しばしご静聴願います。——それで昨日の件、工場長にも相談した。その結果の話として、おまえをすぐに今のポジションから動かすことはできない。本当は工場長もおまえにもっと色々やらせて適性を見たかったそうなんだが、最近の受注の増え方が想定以上で、なかなかできないでいたらしい。おまえがもう第二の戦力だからだ。さっきは何かぐちゃぐちゃ言ってたが、おまえは今の自分の仕事をちゃんとやってる。完璧とは言わないが、丁寧にしっかりとやってる」

小田切の言葉をすぐには呑みこめず、やっと理解した瞬間、ツンと鼻の奥が痛んだ。まさか小田切が岡本に相談してくれるなんて思いもしなかったし、自分が戦力と言ってもらえる存在だなんて想像していなかったのだ。

「それで話は戻るが、今おまえが担当の工程から外れるのは困る。ただ、俺も俺で最近危機感はあったんだ。もし俺か満井さんがインフルエンザにでもかかって一週間会社を休むことになったら、以前までの受注量ならまだしも、今くらいの繁忙状態だと仕事が確実にまわらなくなる。工場の人たちはみんなひと通りの工程を経験してるから代わりができないわけじゃないが、実際問題としてみんな自分の持ち場を専門にして長いからスムーズにはいかないだろうし、それで工場の作業が遅れれば、結果ユーザーへの納品を遅らせてしまう。俺や満井さんのほかにも営業設計を育てるべきだっていうのは、工場長も前々から言ってたんだ。だから工場長もおまえの希望自体は歓迎してる」

とっさに言葉が出ない百花に、小田切は明瞭な口調で続けた。

「前置きが長くなったが、これからおまえにもじょじょに営業設計の仕事を覚えてもらう。さっきも言ったように今すぐ完全にポジションを変えるのは無理だから、しばらくは兼務という形になるけど、それでいいか」

「……はいっ！　うれしいです、ありがとうございます！」

もうとっくに諦めていた話だったからまだよく信じられなかったが、とにかく目の前に出されたチャンスを失わないように声を張った。うれしさと感謝で胸が熱かった。

「しっかりやります。両方、いくら時間がかかっても全部ちゃんとやります」

「いや、おまえの仕事だけ増やして全部やれなんてことは言わない。これも本当は前々から出てた話なんだが、おまえが今やってるパイプの修正加工は第一工場にまわして、第二では本当の最終調整だけで済むようにできないか工場長が掛け合うそうだ。これはおまえのためってわけじゃない、第二工場のスタッフ全員のための改善策だ。もともとパイプを切り出すところまでは第一でやってもらってるわけだから、それほど難しい話じゃないはずだし——社長、そういう話が昨日こちらで出たのですが、もしまだお聞きでなければ申し訳ありません。まずは岡本工場長が石巻工場長と話し合われるそうなので、いずれ石巻工場長から社長にもお話があると思いますが」

「ええ、もう石巻さんから聞いたわ。今日から調整に入るはずです。ごめんなさいね、対応が遅れてしまって。これで第二の人たちもいくらか楽になるといいんだけれど」

由利子が微笑すると、驚いた様子の小田切は「迅速なご対応ありがとうございます」

と天然記念物なみにめずらしい笑顔になった。百花はまた胸が詰まった。すごく厳しくて多忙なこの人が、下っ端の自分に、しかも尻切れトンボで終わった要望にここまで真剣に向き合ってくれるとは思わなかったのだ。

「ちょうど来週の月曜に新規の面談が入ってるから、おまえにも営業設計見習いとして同席してもらう。説明するから先に工場に行っててくれ。俺は着がえてから行く」

「はいっ」

小田切は顎を引いてきびすを返すと、社屋のほうに機敏な足取りで歩いて行く。数秒おいて、ふふっとかわいらしい笑い声が聞こえた。口に手を当てた由利子だ。

「あなたに完璧超人みたいに褒めちぎられてる間のあの子の顔、見ものだったわねぇ」

第二工場のエース小田切夏樹を「あの子」と言ってしまう社長に百花は度肝を抜かれたが、以前に岡本から聞いた、由利子と小田切は彼が幼い頃からの付き合いだという話を思い出した。これは岡本だけではなく、藤沢の社員はみんな知っていることらしい。来客用ロビーには藤沢のテニス車が賞を取った時の古い集合写真が飾られているのだが、その写真には由利子の膝にちょこんと座った愛らしい男の子が写っており「これ小田切なんだぞ」と岡本に教えられた時にはびっくりしたものだ。百花にとっては怖くて憧れる小田切も、由利子にとっては今でも「あの子」なのだろう。

ねえ、山路さん。由利子が車いすのリムを操作して、百花と正面から向き合った。

「あなたは自分と小田切さんを比べて嘆いていたけど、彼だって初めから今のようだったわけじゃないのよ。彼なりの苦闘があって、それが今の彼を作ってる。だからあなたも焦らず、ひとつずつ努力を積み重ねてください。持ち前の要領のよさで得たものより、もがいて手に入れたもののほうが強いと私は思っています。少なくとも私は、歩けなくなってから手に入れたものはとても強くて確かだった」

胸をつまらせる百花に、由利子は今度は貫禄たっぷりに微笑した。

「がんばってちょうだい、山路さん。私は、あなたに長らく貧乏男所帯だった第二工場に新風を吹き込む女性エースエンジニアになってもらうという野望があるのよ」

＊

競技用車いすを製作する第二工場は、続きになった三棟の建物から成り立っている。まずは百花が日ごろ働いている通称『工場』のA棟。溶接まで終わった車いすの部品を表面処理加工するB棟。車いすの設計図製作者と、シート製作者の作業所であるC棟。小田切は普段、百花の指導の時と出張の時を除いて大抵このC棟に詰めている。

「クライアントは、佐山《さやま》みちる。小学五年生の女の子だ。正確に言えば依頼してきたのは彼女の母親で、娘に合ったバスケ用車いすを作ってほしいという話だ」

普段はあまり入ることのないC棟の小田切のデスクで、作業服に着がえた百花はクライアントと依頼内容について説明を受けた。ガラス張りになっている営業設計の小部屋にはもう一台デスクがあるが、その主である満井は現在出張中なので、キャスター付きの椅子を借りてきて百花は小田切と膝をつき合わせていた。

「佐山みちるは去年の夏休み明けに横断性脊髄炎を発症した。脊髄炎は文字どおり脊髄に起こる炎症で、正確な原因はまだ特定されてない。ただウイルス感染が関係する場合があって、彼女も発症する前に、季節はずれのインフルエンザにかかっていたそうだ。学校で授業を受けている最中、突然身体の痛みを訴えてすぐに入院した。脊髄炎の進行スピードは患者によってバラバラだが、彼女の場合は数時間内に歩けなくなるほど急激で、下肢まひの後遺症が残った」

　話を聞いているだけで胸が痛んで、百花は手帳に当てたペンを握りしめた。小学五年生の女の子は、痛みと共に身体の自由が失われていく時、混乱し、形容しがたい恐怖を味わっただろう。彼女の家族もどれほど取り乱し、心を痛めたのか。

「さいわい専門の病院で早期の理学療法を受けられたし、その後のリハビリも順調で、身のまわりのことはひと通りできるところまで回復してるそうだ。五年生に進級したのをきっかけに、小学校にも復帰してる。——ここまで話した中で質問はあるか？」

　小田切が語った情報を手帳に書きとっていた百花は、箇条書きを見返した。

「えっと……バスケ車を希望しているということは、みちるちゃんは、競技の経験者なんでしょうか？」

「小学校のミニバスクラブに入ってたそうだ。かなり強いチームで、その中でもみちるは四年生の中で唯一スタメン入りした実力者らしい。ミニバスだけじゃなく、とにかく身体を動かすことが大好きなスポーツ万能の人気者だったそうだ」

百花が小学生の時にもクラスにそんな女の子がいた。快活で物怖《ものお》じしなくてスポーツ万能で、みんながその子を好きだった。教室のすみで息をひそめて生きていた百花は、そんな彼女をいつもまぶしい気持ちで見ていたものだ。

「あと——子供の競技用車いすの注文って初めてです」

「そうだな。子供用のスポーツ車は同業者でもカタログに載せてるところはほぼないし、藤沢《うち》でさえフルオーダーでしか対応してない。それだって今までに受けた依頼はほんの数件だ。そもそも競技用車いす自体が高価な上に、子供はすぐに体型が変化するから、いくらフィッティングしてもじきに合わなくなる。だから車いすスポーツの教室でも、子供には大人用の中古車を使わせたりして対応しているところが多い」

「みちるちゃんとお母さんは、そういう事情は？　今のみちるちゃんに合わせて車いすを作っても、いずれ身体に合わなくなる可能性があるということは……」

「母親と電話で話した段階で伝えてある。それでもいいからとにかく一刻も早く娘に専用のバスケ車を作ってやりたい、という返事だった」

小田切の口を通しても母親の切実な思いが伝わってくる。百花は手帳を見つめ、まだ顔も知らない小学五年生の女の子のことを思った。

「みちるちゃん、本当にバスケが大好きで、またバスケがしたいんですね」

「――どうだろうな」

ぽつりとした呟きに、え、と百花は顔を上げた。小田切は電話対応時に書きとったものだろう、几帳面《きちょうめん》そうな字が書き連なった自分の手帳をながめている。

何か思案するような沈黙のあと、小田切は百花に視線を戻した。

「さっきは同席と言ったが、月曜の面談の時は、おまえがメインになって佐山みちるの話を聞いてくれ。必要なポイントは教えるし、俺も状況に応じて口を出すから」

「え、わたしがですか!?」

「おまえは彼女と同性で雰囲気もやわらかいから、俺が相手をするより彼女もリラックスして話ができるかもしれない。姪《めい》っ子によく言われるんだ、『顔がこわい』って」

「……それは、迫力があるというか、こわいほどかっこいいという意味で」

「そんな必死にフォローしなくていい。――やりたくないのか？」

さっき思わず自分がと問い返してしまったのは、そんな大役を果たす自信がなかったからだ。はっきり言って今もない。でも。

「いえ、やりたいです。やらせてください」

意気を込めて言うと、小田切は頷いた。

「まず、おまえがもっとも大切にすべきことは、みちるの気持ちだ。彼女が今何を思っているのか、何を望んでいるのか、彼女に寄り添って話を聞き、理解する。はじめから初対面の他人に心を開いてうまく気持ちを伝えられる人間はそんなにいないし、まして や子供なら、知らない場所にやって来て知らない大人と話すのはかなりハードルが高いはずだ。だからまずおまえから打ち解けやすい雰囲気を作って、彼女が本当の気持ちを口にできるようにしてやってくれ」

そして、と小田切は静かに続けた。

「彼女の言葉をよく聞き、気持ちを確かめた上で、もし彼女が固い決意でバスケ車を望んでいるわけではないなら、今回は今使っている日常車にアクセサリーを追加して機動性を上げる方向を提案すべきだと思う」

百花は手帳に続けていたメモを、思わず止めた。

「……つまり、バスケ用車いすのオーダーは、受けないということですか？」

「くり返しになるが、とにかくみちるの気持ち次第だ。彼女が心から車いすを作ることを望んでいるならそれでいい。ただ、さっきも話したように子供用のスポーツ車にはネックもある。電話の聞き取りで確認したが、彼女が現在使ってる日常車は藤沢《うち》の『Rainbow』だそうだ。あれは運動性能の高い最新型だし、衝撃吸収にすぐれたカーボンタイプのホイールとワンタッチで交換できる仕様になってる。母親の話だと彼女は運動感覚が鋭いし、友達と学校の体育館でバスケを楽しむようなシーンを想定するなら、ひとまずそれで様子を見るのもありだと思う。それなら保護者の金銭的負担もかなり抑えられるだろう。あるいはもっと本格的に車いすバスケを始めたいということなら藤沢と付き合いのあるチームを紹介することもできるし、そこでなら今すぐに車いすを作らなくても、慣れるまでチーム所有の車いすを借りられる」

百花は曖昧に頷いた。小田切の提案は、広い知識と深い考察を持っているからこそ、ひとつひとつがもっともで現実的だ。みちる本人だけではなく、保護者の金銭的負担にまで配慮しているあたりもさすがだと思う。

思うのだが——

何だろう。小田切の言葉に引っかかりを感じてならなかった。小田切は、この依頼に何か思うところがありながら、それを明確な言葉にするのを避けている。

「主任、あの——」

「とにかくおまえは、佐山みちるの本当の気持ちを聞き、できる限り彼女の思いに寄り添って判断すること。相手が世界的アスリートだろうと、小学五年生の女の子だろうと、俺たちエンジニアが一番尊重するべきものはそれだ。それだけ忘れるな」

では次に、実際にオーダーを受けることになった場合の採寸の手順と注意点。小田切は流れるように説明を続ける。百花はとまどいつつ、急いで手帳にメモをとった。

2

翌週、月曜日。曇り空の昼下がりに、佐山みちるとその母親は藤沢製作所を訪れた。

「佐山でございます、本日はお時間をいただきましてありがとうございます」

本社のロビーで顔を合わせるなり、佐山佳代子《かよこ》は深々とおじぎをし、百花もあわてて頭を下げた。佳代子は四十代前半のふんわりした雰囲気の女性で、作業服で応対しているのが申し訳ないほどきれいな花柄のワンピースを着ていた。

そして佐山みちるは、母親の隣で黙って車いすに座っていた。

首や手足がすんなりと長い、愛らしいというよりはきれいな子だ。どこか宝良に似ていると百花は思った。ただいつでも相手がひるむほどまっすぐに見据える宝良と違い、みちるは目をふせたままこちらを見ようとしない。小田切の言うように、緊張しているのかもしれない。

「山路と申します、こちらこそ本日はよろしくお願いいたします」

百花が両手で名刺をさし出すと、佳代子は「はい」と笑顔で受け取ったが、不安げな色が見え隠れした。こんな見るからに経験の浅そうなやつが担当するのか、と思われているのがテレパシーのように伝わってきた。まごつく百花のかたわらで、今度は小田切が佳代子に名刺をさし出した。

「先日お電話を頂戴《ちょうだい》しました、小田切です。本日は山路と私で車いすについてご説明いたします。こちらにいらっしゃるまで迷われませんでしたか？　よく道がわかりにくいと文句をいただくんですが」

小田切の名刺を受けとりながら佳代子は目に見えて安堵を浮かべ「ナビを使いましたから」とにこやかに答えた。さすがは小田切だ、醸し出す風格が違う。そして挨拶と同時にさり気ない話題で相手の緊張をほぐす高等技術。百花は匠《たくみ》の技を心の手帳に急いで記した。

これから二人を面談室に案内して話を聞くことになるのだが、百花は結局まだ一度も声を発していないみちるが気になった。そうだ、と思いついた。

「みちるちゃん、この会社で作ってる車いすを見てみる？　ギャラリーがあるの。バスケ用の車いすもあるし、テニス用やレース用の車いすもあるよ」

突然話しかけられて驚いたのか、みちるは目をみはったまま身動きしない。「あら」と明るい声をあげながら佳代子が娘の肩に手を置き、顔をのぞきこんだ。

「素敵ね。みちるも見てみたいんじゃない？　バスケ用もあるって」

みちるは、少し間をおいて、小さく頷いた。

「……見てみたい」

初めて聞いたみちるの声は、澄んだ鈴の音みたいだった。「こちらへどうぞ」と張り切って二人を先導しようとした百花は、はっとして、そろそろと背後をふり向いた。目の合った小田切は「いちいち俺の許可を求めるな、自分の判断で動け」と眉をひそめて、自分もギャラリーのほうに向かって歩き出した。

車いすのギャラリーは、来客用のソファセットのそばにある。第一工場で製作された日常用車いすから、第二工場で製作された競技用車いすまでがズラリと並んだ様子は、じつに壮観でかっこいい。百花が自慢の娘、息子たちを紹介するような気持ちで「これは弊社の最新型で、フレームにカーボンを使っていて」などとつい熱をこめて説明していると、佳代子が何やら感じ入ったようなまなざしを向けてきた。

「若いのにこういうお仕事をされてるなんて立派ね、山路さん。やさしい人なのね」

まったく予想外の言葉に、目が点になってしまった。

「いえ、とくに立派でも、やさしくも……ただ車いすが好きで、この会社に入っただけなんです。車いすって本当にかっこいいので」

「……かっこいい？」

今度は佳代子が思わぬことを言われたというように当惑の表情になる。あれ？　何かおかしいこと言った？　とあわてていると、小田切があとを引き取った。

「弊社では、車いすを製作する上で『かっこいい』とユーザーに感じてもらえることを重視しています。車いすというと特殊な機器として捉えられがちですが、ユーザーにとっては日常の大半の時間を共にすごす存在です。だからこそ、それはユーザーにとって心地よく安全であるだけではなく、いわばこだわりの一点物として、『かっこいい』と心をはずませてもらえる機能性やデザイン性も持つべきだと藤沢では考えています」

佳代子は「なるほど、その通りですね」と感心したように頷く。とっ散らかりかけた会話を会社の方針も織りまぜた深い話にもっていく高等技術。匠の技だ、と百花はまた急いで心の手帳に記した。

「みちるちゃん、これがバスケ用の車いすなの。よかったら乗ってみない？」

百花はギャラリーからバスケ用車いすを押してきた。バスケ用車いすとテニス用車いすは基礎的な構造がよく似ているが、バスケ車にはユーザーの足もとを保護するバンパーが付いている。車いすバスケは試合中ボールを奪い合うなかで車いす同士が衝突するので、このバンパーでユーザーの身体を守るのだ。衝突も厭《いと》わない迫力と白熱するゲーム展開から車いすバスケは『パラスポーツの花形』ともいわれている。

みちるは、百花が押してきたバスケ用車いすを黙って見ていた。あれ、反応が薄い、と思っていると、佳代子がみちるの肩に手をおいてほほえんだ。

「乗ってみたら？」

みちるは少し間をおいて、小さく頷いた。百花は移乗中にバスケ用車いすが動かないように、背もたれをしっかりと押さえた。みちるは自分の乗っていた日常車を固定し、片手をバスケ用車いすのアームレストに、残りの手を日常用車いすのアームレストにおくと、するりと身体をバスケ用車いすの座面に移動させた。リズムのいい、きれいな移乗だ。小田切が言うように、運動感覚の鋭い子なのだろう。

「うん、似合う。やっぱりかっこいいね。これでまたバスケしたいね」

佳代子が運動会で娘の晴れ姿を見ているような、満面の笑みを浮かべる。みちるは、バスケ用車いすの細部を確かめるみたいに視線を足もとに落とす。

でも本当はどこも見ていないんじゃないかと思わせる、暗い目を彼女はしていた。

面談室はテーブルと椅子があるばかりの小さな部屋だ。ただ、棚には社長の由利子が毎日生けかえている可憐な花の一輪挿しがあり、壁には藤沢製の競技用車いすを使っている国内のトップアスリートの写真やサインがずらりと飾られている。

「この子、学校のミニバスクラブで一、二位を争うくらいうまかったんです。もちろんクラブには上級生もいたんですけど、先生からも先輩からも認められていて」

テーブルに着くと、百花が話を切り出すより先に佳代子が話し始めた。「関東大会にも行ったんですよ、写真ごらんになります？」とスマートフォンまでさし出してくれるので、百花はあわてて頷いて液晶画面をのぞきこんだ。

黒とピンクのノースリーブのユニフォームを着た、あどけない少女たちの写真だ。前列の子たちは膝を抱えて座り、後列の子たちは膝小僧に両手を当てて腰を屈《かが》めている。みんな清々しい笑顔だ。みちるちゃんは、と探して、前列の中央で賞状を持ったひときわ明るい笑顔の少女が彼女だと気づいた。——現在のみちるは、佳代子の隣で、無表情に窓の外をながめている。

「これは運動会、徒競走でダントツ一位だったんです。あ、これはキャンプに行った時に一緒にテニスをして。この子、テニスもうまいんですよ。それから——」

佳代子が次々に指先をスライドして写真を表示させていくので、百花は恐縮しながらそれらを見た。運動会の騎馬戦で、相手のはちまきを奪い取ろうとしている犬歯を剝き出しにしたみちる。一輪車に乗ってVサインを作っているみちる。海辺で父親、弟と一緒にサーフボードを片手に笑っている写真まで。スポーツ万能の人気者、と小田切が言っていたことを思い出した。

「本当に少しもじっとしてない、身体を動かすのが大好きな子で。でも一番好きなのはやっぱりバスケだったんです。だからバスケ用の車いすをこの子のために作ってあげたいんです。どうかよろしくお願いします」

佳代子は再び深々と頭を下げる。百花は「はい、もちろんです」と答えながら頭を上げてくれという思いで必死に両手を動かした。隣の席をうかがうと、小田切はテーブルの向かいのみちるを見ていた。佳代子ではなく、みちるだけを。

今回の面談は百花が主導して進めるようにと言われている。とにかく、精いっぱいやるのみだ。百花は準備していた競技用車いすのカタログと、日常用車いすのアクセサリーを載せたカタログを佳代子とみちるに向けて並べた。

「先日小田切にお電話をくださった時には、みちるちゃんの身体に合わせたバスケ用車いすをご希望とのことでしたが……みちるちゃん。みちるちゃんは、今までどおり学校のクラブでバスケがしたいのかな？　それとも、もっと本格的に車いすバスケのチームに入ってバスケがしたいのかな？」

名前を呼ばれたみちるが、こちらに顔を向けて、ぼんやりと眉根をよせた。知らない外国語で話しかけられたような顔だ。娘の隣で佐山佳代子も怪訝《けげん》そうにしていた。

「ご質問の意味がよくわからないんですが……」

「申し訳ありません。ただ、やはりフルオーダーで車いすを作るとなると、かなりの費用をご負担いただくことになります。もし学校でお友達とバスケを楽しむということでしたら、今お使いいただいている車いすに、運動の時だけもっと軽くスムーズに動けるタイヤを取りつけるという形でも、運動神経抜群のみちるちゃんなら十分なのではないかと……あるいは車いすバスケのチームに所属することをお考えでしたら、競技用車いすの貸し出しに対応しているチームもありますので、まずはそちらで体験を——」

「つまり、みちるの車いすは作っていただけないということなんですか」

きつく尖《とが》った声だった。それまでの笑顔がくるりと裏返ったように、佳代子は険しい表情を浮かべている。百花は身体が硬くなるのを感じた。

「それは違います。決してそういうことではありません。……ご不快にさせてしまったようで申し訳ありません。ただ最初にみちるちゃんの気持ちを確かめたかったんです。先ほどもお話ししましたように費用のこともありますし、小田切からもお伝えしたように、みちるちゃんはまだ成長期で、すぐに体型も変化すると思いますので——」

「いいんです、お金はいくらかかっても。乗れなくなったらまた新しいのを作ります。大事な娘のためですから、そんなの何も惜しくありません。ねえ、みちる。みちるも、テレビに出てる車いすバスケの選手みたいに、どんどん動ける車いすがほしいよね」

佳代子がみちるの肩にふれる。みちるはお茶と茶菓子のマドレーヌをながめていたが、小さく顎を引いた。頷いた——のだろう。バスケ用車いすがほしい、と。

けれど、彼女の人形のような頷き方は、時間がすぎるのをただ待っているような態度は何なのだろう。百花はみちるを見つめた。——彼女の気持ちを聞き、理解する。

「みちるちゃん、さっきも聞いたけど、みちるちゃんはこれからどんな形でバスケをやっていきたいのかな？　やっぱり、今までやってきた学校のクラブ？」

ぴくりと、みちるの唇が引きつるのが見えた。生気のない白く小さな顔が、みるみる硬くなっていく。とまどっていると、佳代子がにこやかすぎる表情で言った。

「そうですね、やっぱり学校のクラブに戻るのが一番いいと思います。お友達もたくさんいるし。顧問の先生も、チームのみんなも、みちるがこうなってからも、何も変わらず一緒に練習してくださったんですよ。みちるのためにマネージャーの仕事を作ってくれたり、チーム内の試合に入れてくれたこともあって」

「……今は、練習に参加されていないんですか？」

佳代子の言葉に、そんなニュアンスを感じた。

一瞬口もとを硬くした佳代子は、ええ、と低く呟いた。

「今は、学校を少しお休みしていて——退院して学校には復帰しましたけど、何かと不便なんですよ。トイレひとつ取っても、多目的トイレに行くには廊下の端まで移動しなくちゃいけなかったり、出入り口にはそれらしくスロープをつけていても結局校内には段差があったり。エレベーターだって生徒の昇降口とは離れたところにポツンと一カ所あるだけで、みちるだけが友達と離れていつも遠回りしなくちゃいけなくて」

どんどん速く険しくなった口調を恥じるように、佳代子は言葉を切った。自分を静めようとするような間のあと、また口を開いた。

「——だから今は、少し調子を整えてるんです。みちるは勉強だって得意ですし、家で私が見てやるだけでも十分学校で教える範囲は理解できますから。でも近いうちにまた戻るので、その時、もっと運動しやすい車いすを持たせてやりたいんです。そうすればみちるもお友達と一緒にバスケができるでしょう？」

ねえ、みちる。この上ない愛情のこもったまなざしで、佳代子が同意を求める。

みちるは、手をつけていない緑茶の茶碗《ちゃわん》あたりに視線を置いたまま、こくんと頷く。また機械仕掛けの人形が頷いたみたいに、百花には見えた。

喉に何かが詰まっているような感覚がさらに強くなる。もう、腹の底に鉛でも詰められたような感覚になっている。

「みちるちゃん……新しい車いす、本当に、ほしいのかな？」

うつむき加減のみちるが、少しだけこちらに顔を向ける気配を見せた。でもそれより早く、佳代子が眉間に鋭い線を刻んだ。

「どういう意味ですか？　さっきからそう申し上げてるのに、どうしてまたそんな」

「あの、すみません、みちるちゃんと話を……！」

「バスケができる車いすが、ほしいです。作ってください」

昔の宝良にどこか似た小学五年生の少女は、小さな澄んだ声で言った。よどみもないが一ミリの感情も見えない、台本を読んでいるような口調で。そして彼女は小さく頭を下げさえした。隣の母親が何度もそうしたのを真似《まね》るかのように。

つかの間、耳が痛くなるほどの沈黙が落ちて、遠くで小鳥の声が聞こえた。

百花は出口の見えない通路をぐるぐる歩いているような心地で、手もとの手帳に目を落とした。そこにはクライアントの意志を確認したらするべきことが書いてある。

作ってほしいと、みちる本人が言った。言ったのだ。もう一度訊きなおす理由も見当たらないほどはっきりと。

「――では、あの、採寸を……」

最後まで言えず、百花は言葉を切った。

隣から口をふさぐように手を伸ばした小田切が、代わりに口を開いた。

「差し出たことと承知で申し上げますが、今回の車いすのオーダーは見合わせたほうがよろしいかと思います」

小田切の鼓膜を震わせる低い声は、それまで女の声しか飛び交っていなかった室内でひどく明瞭に響いた。何を言われたかわからないという顔で小田切を見ていた佳代子は、眉を吊り上げた。

「どうしてですか？　お金ならいくらかかってもいいし、身体が大きくなって乗れなくなってもまた新しいのを作ると、私は何度も」

「みちるさん。君は、本当に車いすがほしいのかな」

小田切は佳代子にとり合わず、みちるだけを見つめて問いかけた。

みちるは、少し顔を上げて小田切をうかがい、顎を引く程度に頷くと、またどこかに視線をさまよわせようとする。けれど小田切はそうさせなかった。

「お母さんの望む返事をしなくていい。君の気持ちを教えてほしい。本当の気持ちを」

みちるが小さく肩をゆらし、初めてまともに小田切を見た。その彼女を小田切もひたりと見つめ返す。

「君は、本当は新しい車いすなんてほしくないんじゃないか。バスケだって、もう続けたくはないんじゃないか」

雨粒が落ちた水面のように、みちるの瞳がゆれた。

「いらないものはいらないと言っていいし、したくないことはしたくないと言っていいんだ。言葉にしなければ、お母さんも、私たちもわからない。もう君もわかったと思うけど、大人はそこまで察しのいい生き物じゃない。むしろ余計なことを考える分だけ、時として自分の思いこみを君の気持ちだと錯覚してしまうこともある。君の気持ちは、君が守るんだ。それをちゃんと伝えることが君のためでもあるし、君のまわりにいる人たちのためでもあるんだよ」

「……何なんですか？　それは、私が自分の気持ちをみちるに押しつけてるって意味ですか？　違いますよ。この子だって望んでるんです。今は少しつまずいてるけど、また学校に戻って、バスケだってクラブに戻ってまた友達と楽しく――」

「無理だよ」

リンと鈴が鳴ったように、百花には聞こえた。

初めて発した、彼女本来の清明な声で、みちるは母親を見つめながら続ける。

「学校は、戻るけど。行くのこわいけど戻んなきゃいけないからまた戻るけど、クラブに戻ってみんなとまたバスケやるとか、無理だよ。練習まぜてもらっても全然みんなの動きについてけないし、いくら練習したって車いすの人は試合に出れないし」

「だから、それは車いすが悪いからで、もっといい車いすにすれば……！」

「車いす替えればいいとかじゃなくて！　邪魔なの！　わたしが練習にまじったって、それ、みんながわたしに気を遣ってまぜてくれてるだけで、試合のための本当の練習はわたし抜きでバリバリやるの！　みんな適当に楽しくやりたいんじゃない、今度は本気で全国めざしてるから、わたしがいると邪魔なの！　しょうがないよ。だってわたしも思ってたもん。足の遅い子のこと『邪魔だな』って、ちっともシュート入んない子のこと『ほかのクラブに行けばいいのに』って。だから今度わたしがそう思われてもしょうがないの。先生が『早く戻ってきてね』って言うのも、わたしがかわいそうなだけなの。本当は戻ったら困るの。困るって思われながらわたしはあそこにいたくない！」

みちるの叫びが途切れたあと、耳の奥がキンとした。

佳代子は、信じられないように、信じたくないというように、ぼうぜんと娘を見ている。百花も言葉もなくみちるを見つめることしかできなかった。決然とした意志を浮かべたみちるの頰を、ひとすじの涙が伝い落ちていく。

「バスケの車いすは、いらない。クラブは、もうやめる」

身体のどこかに痛みが走ったように、みちるは目もとを小さく引きつらせた。

「バスケ、好きだったけど、それはクラブでみんなとやるバスケなの。わたしはそれが好きだったの。でも、もうあそこには戻らないからバスケはしない。もう一生しない。だから車いすなんかいらない」

「……みちる。でも、だって、ほしいってあなたも――」

「お母さんは、そう言ってほしそうだったから。お母さん、わたしにがっかりしてるでしょ。歩けなくなって、もう一生車いすで、学校に戻ってもすぐまた行かなくなっちゃって、わたしのことで困ってるでしょ。わかってる。ごめん」

「お母さんはそんなことっ」

「学校で、みんなやさしいよ。友達も、今までそんなに友達じゃなかった人も、みんなわたしのこと助けようとしてくれる。でも、うれしいって思えない。助けられたくない。前みたいに全部自分でやりたい。こんな何もできないわたし、やだ。休み時間のドッジボールもうまく動けなくて、動いてないのに誰もわたしにボール当てなくて、そういうのやだ。鬼ごっこの時もみんなわたしにだけタッチしなくて、そういうのやだ。お父さんもお母さんもほんとはわたしのせいでお金たくさんかかって大変で、夜中に喧嘩《けんか》とかしてて、なのに朝になると無理して笑ってて、そういうのもうやだ。全部わたしのせいなんでしょ？　わたしが病気になったから悪いんでしょ？　わかってるよ、もうやだ」

深くうつむいたみちるの目もとから、ぱたぱたと雨が降った。

「新しい車いすなんか、いらない。それより足がほしい。ちゃんと歩ける自分の足」

みちる、と震える声で呼んだきり、佳代子が言葉を失《な》くす。娘の肩にふれようとした手が、何かを恐れるように宙で止まる。

「そしたら元どおりになるでしょ。お母さんもお父さんもわたしも全部前と同じになれるでしょ。けどそんなの、無理でしょ。だったら何もいらない。もう全部終わりだから。いらない。こんなわたしもいらない」

「みちるちゃん、そ――」

そんなこと、とたまらず言いかけた時、また横合いから伸びた手にさえぎられた。

小田切の鋭い目に、おまえにそれを言う資格があるのか、と問われた気がした。

部屋に沈黙が降りると、雨音が耳に届いた。いつから降り出したのだろう、淡々とした静かな雨音だ。

押し殺されたみちるの泣き声がそれに重なり、かなしい二重奏のようだった。

＊

雨は文字どおり車いすの天敵で、どんなに経験豊富な車いすユーザーでも突然の雨には難儀する。介助があればまた別だが、傘をさしたまま走行するのは難しいし、車に乗り移る時にもレインコートなどで身体を守らない限り濡れてしまう。

ただ、社長を筆頭に車いすユーザーの社員も多い藤沢製作所は、社屋がバリアフリー化されており、車いすユーザーが車で訪問した場合も想定して屋根付きの車寄せを作ってある。百花と小田切は外まで出て、車いすのまま乗り降りできる仕様になっているボックスカーにみちるが乗りこむのを見守った。バックドアとつないだスロープを使って車内に乗りこむ前、みちるはまだ赤く腫れぼったい目で小田切と百花を見て、小さく頭を下げた。まだ小学五年生だというのに、ひどく大人びた仕草だった。

「……本日は、どうも、お世話になりました」

百花と小田切に頭を下げた佳代子は、娘以上に憔悴《しょうすい》して見えた。百花は何かを言おうとしたが何も言えず、代わりに小田切が、低く静かに耳に沈む声で語りかけた。

「みちるさんとよく話し合われて、もしやはりスポーツがもっと快適にできる車いすを作りたいとお思いになったら、いつでも結構ですのでご連絡ください。車いすでもできるスポーツはご想像以上に多種多様で、今は東京パラリンピックの影響でジュニアアチームも増えています。みちるさんはきっと、スポーツが人生の喜びになる人だと思います。もう少し時間をおいて、心の整理がつき、またスポーツがしたいと思う日が来たら、我々はいつでもみちるさんのために最高の車いすを作ります。――どうか社交辞令とは思わず、その時が来たらご相談ください」

佳代子は一瞬泣き出しそうに顔をゆがめ、深く頭を下げた。それから百花が手つかずだったマドレーヌを包んだ小袋を渡すと、弱々しいながらも笑みを浮かべて、もう一度頭を下げながら運転席に乗りこんだ。

「――生きてる間ずっと付き合い続けなければならない身体のハンデを負って、それを受け止めるのは並大抵のことじゃない」

雨に濡れた灰色の景色の向こうに、傷ついた母子を乗せた車が遠ざかると、小田切が静かに口を開いた。

「その程度もかかる時間も人によって違うだろうが、それまであったものを失って葛藤しない人間はいない。そしてそれは本人だけの話じゃない。当人の友人や家族、近しい存在であればあるほど、その人たちも深く傷つく。俺は子供がいないから正確には親の気持ちはわからないが、娘が車いすで生活しなければならなくなったあの人がひどく苦しんだことも、あの人自身が悪いわけではなくても自分を責めたことも想像できる」

無数の銀色の糸が天から垂れてくるように雨は降り続く。気温が低下して肌寒いほどだったが、百花は身動きせず小田切の声を聞いていた。

「佐山さんと電話で話をした時、何となく危うい印象を受けた。明るく快活なんだが、自分の本心を隠すためにそうしているように感じた。それにみちるくらいの年頃の子供は、みんなと同じになりたがる子のほうが多いものだ。集団の中で自分だけ異質になってつまはじきにされることを恐れる。そうでなくともみちるは車いすユーザーになって、いやが上にも周囲の子供たちと自分の違いを意識せざるを得ない状況だ。それがこの上バスケ用車いすなんてある意味かなり目立つものを手に入れて、それを学校で使いたいと考えるか疑問だった。ただ、おまえは良くも悪くも性根が素直だ。人に言われたことは真剣に受け取るし、俺が話すことは頭に留める程度にしておけと言っても無理だろう。面談の前に変な先入観は持たせないほうがいいと思って、おまえには佐山さんについて懸念したことは話さなかった」

ただ、それでも小田切は予防線を張るようにくり返し注意していた。みちるの本当の気持ちを聞き、理解しろと。そして、バスケ用車いすを作ってほしいというクライアントと会うというのに、車いすを作らずに対応する方法ばかりを提案した。

「ただの考えすぎかもしれない俺の心配を話さなくても、おまえならちゃんとみちるの思いを汲《く》みとるだろうと思った。おまえは人に寄り添うことを知っている。寄り添った上でどうするべきかと考えることを知っている。だからもし、車いすをほしがっているのが実のところみちるではなく、娘のために何かしたいという思いに駆られすぎて娘の本当の気持ちが見えなくなっている母親だったとしても、おまえはちゃんと気づくだろうと思った。――そしておまえは気づいたよな」

小田切の目に正面から捉えられ、呼吸が止まる。恐れとやましさから鼓動が加速し、手先が冷えて、気を抜けば目をそらしそうになるのを百花は必死にこらえた。

「気づいていたよな？ だからおまえは母親を抑えて、みちると話そうともした。それなのに、どうしてだ？ どうしてあそこで採寸に進もうとした？ 俺が止めなければ、おまえは母親の言うまま車いすを作るつもりだったのか？ みちる本人が望んでない、彼女の両親には数十万円もの負担を強いる車いすを？ 誰にとってものちのち重荷にしかならない車いすを？」

消えてしまいたい。自分の心臓を止めてしまいたい。すみません、と口走りかけて、百花は唇を嚙みしめた。それは違う。絶対に違う。それは今のこの窒息しそうな時間から逃げ出すための上っ面の言葉でしかない。

「どうしてだ、山路」

「……みちるちゃんが、作ってほしいと――」

「そうだな。けどそれはみちるが母親に引きずられて言っているだけで本心じゃないということも、おまえは気づいていたように俺には見えた。違うのか？」

何も言えなかった。手が冷たくて、それなのに顔と心臓のあたりだけは熱い。

いつもなら厳しい語気で叱りとばす小田切が、今は静かな目でこちらを見ている。静かで、かなしい目だ。きっとその目に名前をつけるなら、失望だった。

「どうしてだ」

くり返されるその言葉が、直視したくない自分の心をこじ開ける。醜すぎて隠しておきたかったものを、決して失望されたくなかった人に見せざるを得なくなる。

「……失敗、したく、ありませんでした──」

鼻の奥が熱く痛んで、声がかすれた。

「車いすを、作らないほうがいいと言ったら、佐山さんはきっと怒ると思って──わたしには手に負えなく、なって──クライアントを怒らせたら、どう、なるのか……主任に助けてもらわないと、いけなくなったり、もっと会社に迷惑、かけたりするんじゃないかと……そうやって失敗したら、使えないやつだと、思われたら、もう、営業設計の仕事は、させてもらえなくなるかもしれないと、思いました。だから、みちるちゃんがこう言うんだから、作ればいいって、思いました──」

自分の薄汚さに耐えられなくなり、深くうつむいた。目の奥にこみあげるものは必死で堪《こら》えた。それだけはだめだ。自分を守るためだけに謝罪を口にするよりなお悪い。

「おまえ、組立ての仕事についた時、うれしそうにやってたな。本当にうれしそうに」

雨音と同じほど静かに、低い声が降る。

「俺は後輩の面倒を見るようなことが得意じゃないし、男所帯に一人でとびこんできた女子をどうすればいいのかよくわからなくて、正直最初は持て余してた。でもおまえを見ていて大丈夫だと思うようになった。作業を覚えるのに多少時間はかかるし、時たまけがするから目が離せないところはあるが、おまえはいつでも車いすに対して愚直なくらい真剣で、だから大丈夫だと思ってたんだ」

数分前までならうれしい言葉だっただろう。でも今はただ、痛い。

「そんなおまえが突然、営業設計の仕事がしたいと言い出した。それはいい。何も悪いことじゃない。けど、おまえがそう考えるようになったのは、君島選手が東京パラリンピックの代表になるかもしれないからか？」

ぱん、と頬を叩かれた心地だった。

地中深くに押し隠していたものを掘り出した人は、何もかも見通しているようにかなしげな目で続ける。

「ユーザーと関わる仕事がしたいのは、エンジニアとして彼女と関わりたいからか？　おまえが車いすを作る理由は、まだ君島宝良のままか？　失敗なんて当たり前の最初の仕事でそんなに失敗を怖がるくらい、営業設計になれないことで彼女と関われなくなることをそこまで恐れるくらい、おまえはまだ君島宝良から動けないのか」

頰を、止め切れなかった生ぬるい水が伝いおちていくのを感じた。小田切はかなしみともどかしさを入り混じらせた目をしながら、鉈《なた》で断つように言った。

「夢を追って仕事をするのはいい。だが夢のためにクライアントを利用するな。それが誰であろうと、目の前にいるたったひとりのために、自分が持ってるすべてをさし出して寄り添ってやれない人間は、エンジニアにはなれない」

工場に戻れ。

きびすを返した小田切は、雨が降っているのに車寄せの屋根の下から出て、外から工場に向かうルートを歩いていく。

百花は立ちつくしたまま、いつまでも動くことができなかった。

3

雨は夜になっても降り続いた。

弱まったり強まったりする雨音を聞きながら、百花はベッドの中で身体をまるめていた。意識があることがとにかく嫌で眠ってしまいたいのに、頭の中では直視したくない自分の姿が何度も何度も再生されて、時間が経つごとに目が冴えて眠れない。もっとも眠ると言っても、まだ夜八時くらいだから眠れなくても無理はないのだが。

佐山母子との面談を終えて第二工場に戻ったあと、必死に頭をまっ白にして車いすのパーツ確認と組立て作業をしていた。けれど定時を過ぎると岡本がわざわざやって来て「ヤマモモ、今日はもういいぞ」とやさしい口調で言った。小田切が岡本に何か話したのかもしれない。工場長にそう言われては逆らうこともできず、百花はひとりだけ工場を出て帰ってきた。

でも帰ってきたところで何もしたいことなんてない。何も食べたくないし何も見たくないし誰とも会いたくない。

消えてしまいたい。それができないなら意識を失いたい。でも眠れない。

ぎゅっときつく目を閉じて、百花は何とかぐるぐる同じところを回り続ける思考を止めようとした。その時だ。

いきなり高い電子音が鳴り響いた。

心臓が止まるくらいびっくりして、百花はベッドサイドの小さなテーブルで充電器につないでいたスマートフォンをとり上げた。電話だ。かけてきた相手の名前が液晶画面に表示されている。

『君島宝良』

いつもならすぐに電話に出る。けれど今日はできなかった。小田切に言われた言葉が耳から離れない。おまえが車いすを作る理由は、まだ君島宝良のままか——あの言葉を思い返すと、居たたまれなくて身の置き所がなくて今すぐ死にたくなる。

……でも、宝良が電話をかけてくるなんて、ただ事じゃない。宝良は筋金入りの連絡不精で、とくに電話は大嫌いなのだ。何かあったのかもしれない。危急の何かが。

八コール目でたまりかねて飛びつくようにスマートフォンを耳に当てた。

「もしもしっ、たーちゃん？」

『……え、モモ？』

返ってきた声は、何やら怪訝そうだった。

『あ、ごめん。まちがえた』

「え」

『ドイツから帰ってきたから雪代《ゆきしろ》コーチに電話しようとして、まちがえた。私のスマホのアドレス帳、雪代コーチの一つ上にモモが登録してあるから。押しまちがい』

「そ、そうなの……ていうか、ドイツ行ってたの？」

『ベルリンでITF2のジャーマンオープンに出たの。ベスト4』

「ベスト4っ？　すごい……！」

『全然すごくない。決勝に行くこともできなかった。じゃあ、コーチに報告するから、おやすみ』

「き、切っちゃうの!?　たーちゃん、これで切っちゃうの!?」

宝良がすげないのは今に始まったことではないけれど、それにしても十年来の友達にこれはあんまりなのではないか。それまでの精神状態もあいまって心を乱して呼び止めると、眉根をよせた宝良の顔がありありと浮かぶ声が返ってきた。

『何？　何か用事あるの？』

「よ、用事っていうほどのものはありませんが……」

『じゃあ、何か話したいことがあるの？』

小さく唇が震えて、でも何の音も出なくて、話せることなんて何もないと気づいた。宝良には話せない、とても。話せばきっと失望される。小田切と同じように。

『……モモ？』

小田切の言うとおりだ。車いすテニスを始める宝良とつながっていたくて、車いすを作る仕事をしようと決めた。そして自分は今もそこから動けずにいる。

いつか宝良の車いすを作りたいから、いつかエンジニアとして宝良と関わりたいから、営業設計になりたい。でも、それでは、宝良以外のクライアントはどうなる？　車いすを必要として依頼してくる人たち一人ひとりにとって、その車いすはなくてはならない特別な願いの結晶だ。藤沢のエンジニアを名乗って仕事をする以上、その人たちのすべてに対して全力でなければいけなかった。でも自分はしくじった。

あの灰色の雨の中。

帰っていく車の中で、母親と娘は、少しでも言葉を交わすことができたんだろうか。それとも、二人とも苦しいほどの沈黙の中で息を殺していたんだろうか。

娘を想う母親と、母親を想う娘の気持ちがもつれ合って、それが車いすに絡みついた。それを解きほぐすのは自分の役目だった。小田切はそれができるようにちゃんと道しるべも用意してくれた。みちるの本当の気持ちを聞き、理解する。クライアントの思いを尊重する。それさえ見失わずに自分がちゃんとすべきことをできていたら、みちるがあんなふうに泣くことも、佳代子が傷つくこともなかったはずだ。

『モモ、泣いてるだけじゃわからない。どうしたの？』

「し――失敗、した時、どうしたらいい……？」

時間を戻したい。でもできない。もうどうにもならない。何ひとつ。

「自分がだめなせいで、き、傷つけて、台無しにしたら、どうしたらいい……？」

『次にすべきことをする。今度は失敗しないように』

打てば響くように答えた宝良の声は、凜《りん》としてゆるぎなかった。まるで今まで迷ったことなど一度もないかのように強かった。

けれどそうではないことを知っている。宝良がかつてどれほど深い絶望の穴に落ち、どれほどの力を振り絞ってそこから這い上がったか、ずっと見てきた。

「次……わ、わかんない……なんか、苦しくて、消えたくて、頭働かない――」

『だったら今は消えたいって思いながら苦しむしかない。今の苦しさから目をそらしても、それ、なくならないから。ただじっと吐きながら苦しむ』

「は、吐く？　たーちゃん、もしかしてやってるの……？」

『いつもじゃないけど。でも五月のワールドチームカップで、決勝でフルセットまで行って敗けた時はほんとに吐いた。あそこで勝ってたら優勝だったのに』

二〇一九年ワールドチームカップ、日本女子チームはオランダに敗れて準優勝だった。シングルス2の宝良が敗け、シングルス1の七條玲は快勝をおさめ、勝負は最後のダブルスにもちこまれたが、世界女王の七條玲とベテラン最上涼子のペアを、神がかり的に息の合ったオランダチームが僅差で破ったのだ。

確かに宝良の言うとおり、宝良がシングルス2で勝利していれば日本チームは優勝していたし、宝良はもしかすれば勝つのではないかと思わせるほどの試合をした。結果は惜しくも敗れたが、相手は敗れたとしても仕方ない世界トップクラスの選手だったし、そもそも百花にしてみれば車いすテニスを始めてまだ三年余りの宝良が国の代表に選ばれたことだけでも感激の出来事だったのだ。

それなのに宝良は、自分の残した華々しい戦績に満足するどころか、敗北した自分を嘔吐《おうと》するほど恥じていたという。

やっぱり宝良は違う。めざしている高さも、走っていくスピードも。そのうち追いつけなくなってしまうだろう。それともすでに自分たちの距離は致命的になっているのかもしれない。取り返しのつかない失敗の話を泣きべそをかきながら聞いてもらっている自分の情けなさにも、この期に及んでも自分と宝良を比べてしまう自分の小ささにも、ほとほと嫌気がさす。

　自分が嫌すぎて何もかも捨てたい気分になっていると、モモ、と宝良が呼んだ。

『何かあったんだろうけど、それは私に話したいこと？』

「……話したくない……話せない……」

『わかった。じゃあ今から私が言うことをよく聞いて』

宝良の強い声に、百花は思わずベッドの上で居ずまいを正した。

『ごはんは食べた？』

「え？　あ、まだ……」

『それならまず外に出てごはんを食べる。モモのアパート、近所に牛丼屋があったよね。そこでつゆだく大盛り、温玉とみそ汁とキムチもつけて』

「……うん？」

『そのあとはジムに行って運動。なるべく身体を大きく使うのがいい。ちゃんと始める前と終わったあとのストレッチも忘れない。運動中は水分ちゃんと取って、アパートに帰ってきたら、温めた牛乳をカップ一杯飲む』

「う、うん？」

『それからお風呂に入る。シャワーだけじゃなく、ちゃんとお湯をためてゆっくり浸《つ》かる。あとは子犬の動画でも見てリラックスして、眠くなってきたら寝る。以上』

以上、と言われても。あんぐりしたまま何も言えずにいると、宝良が続けた。

『今のモモ、メンタルぐちゃぐちゃでしょ。そういう時に何考えたっていいことなんて浮かばないよ。私もそうなることあるからわかる』

「……たーちゃんでも？　なるの？」

『当たり前でしょ。とくに生理前とか崩れやすいし。そういう時は身体をケアするの。身体と心はつながってるから。ちゃんとごはん食べて、運動して、お風呂で身体温めて、ぐっすり眠って起きたら、きっと今よりは少しマシになって、次にすべきことが見えてくる。わかったら気合い入れて牛丼食ってこい』

「は、はい」

宝良の迫力に押されて返事すると『じゃあね』と素っ気なく通話は切られた。

正直牛丼は食べられる気がしなかったが、せめてコンビニで牛乳くらいは買おうと思い、百花はもそもそとベッドから出て部屋着から外出用のシャツに着がえた。そして財布とスマートフォンを近所に出かける時に使っているトートバッグに入れようとした時、出し抜けに甲高い電子音が鳴り響いてびっくりした。

液晶画面に表示されているのは『君島宝良』。また電話だ。さっき切ったばっかりなのに。百花はスマートフォンを耳に当てた。

「もしもし、たーちゃん？　どうしたの？」

『モモ、私はなぐさめるのとかうまくない。だから泣き言は聞かない。でも、私に何かしてほしいことがあったら何月何日の何曜日、何時でも連絡してきていい』

じゃあ。一方的に言ってすぐに切った宝良の声は、いつもに輪をかけてぶっきらぼうで、それはちょっと照れている感じがしないでもなかった。ぽかんとしていた百花は、それから思わずふき出して、やっぱり牛丼食べよう、と思い直した。

つゆだく大盛りの牛丼を温玉とみそ汁とキムチもつけて完食したあと、近所のジムに行って筋トレとフィットネスダンスをやり、へとへとになって帰ってきてから温めた牛乳を飲んで、バスタブにお湯をはってゆっくりと温まった。そしてベッドに入ると気を失うように意識がなくなった。

目を開けた時には、窓の外が薄明るかった。

スマートフォンで時刻を確認すると、午前四時十七分。まだ日の出も迎えない夜明けの頃だ。こんな時間に自然に目が覚めたのは初めてで百花は驚いた。

それでも睡眠の質がよかったのか眠気は感じなかったし、昨日は自分でも収拾がつけられなかった頭の中が今は静まっている。カーテンを開けると、深い青に透きとおった空が見えた。その空の美しさに惹かれて、百花はパーカーをはおって外に出た。

明け方の澄んだ空気は、昨日の雨の名残を霧吹きのように含んでしっとりと冷たい。まだ街灯がともった薄暗い町は、ダムの底に沈んだように静かだ。それでもこんな時間からどこかへ向かう誰かの車が道路を走りすぎ、朝陽を待ちわびる小鳥たちが鳴いている。ずっと遠くから、貨物列車が線路を渡っていく音が聞こえてくる。

青く静謐《せいひつ》な風景に見入っていると、やがて空の東の彼方《かなた》が金色にかがやき始めた。ゆっくりと、秒よりも繊細な時間をかけて家々の間から太陽が姿を現し、清くまばゆい光が地上に降りそそぐ。今まで色褪《いろあ》せていた世界が急速にあざやかな色彩をとり戻し、大気中の微細な水滴がきらめく。何もかもが今新しくはじまり、これから待つ日々にはいつだって希望があるのだと信じられるような朝。

あんなにも消えてしまいたかった夜の次に、こんなにも美しい朝がくるのか。

百花は呼吸とまばたき以外を忘れて立ちつくし、そうして不意に心に浮かんだのは、昨日ほとんど言葉を交わすこともなく別れた女の子だった。

『新しい車いすなんか、いらない。それより足がほしい。ちゃんと歩ける自分の足』

『そしたら元どおりになるでしょ。お母さんもお父さんもわたしも全部前と同じになれるでしょ。けどそんなの、無理でしょ。だったら何もいらない。もう全部終わりだから。

いらない。こんなわたしもいらない』

　みちるちゃん。

　あなたは、もう子供じゃなかった。自分の身に起きたことだけでも苦しいのに、あなたはお母さんやお父さんの気持ちまでわかってしまう。わかってしまうから自分の心を押し殺して、お母さんの望みに添おうとした。

　そうしてぐちゃぐちゃの心を必死に抱えていたあなたに、わたしはちゃんと向き合うことをしなかった。自分の夢を追うことに夢中で足もとが見えなくなり、本当なら一番大切にしなければいけないあなたの気持ちから目をそむけ、自分の保身に走った。

　最低だ。もう全部、遅いのかもしれない。

　だけど、ひとつだけ、どうしてもあなたに伝えたいことがある。

　そのためにわたしはどうすればいい？　わたしにいったい何ができるだろう？

　まばゆい光にかがやく空を見つめながら、必死にみちるのことを考える。全身の神経をそば立てて記憶をたどり、一心に昨日の彼女の姿を再現する。表情、仕草、ちょっとした目線の動き。鈴のように澄んだ声が語った言葉のひとつひとつ。

『バスケ、好きだったけど、それはクラブでみんなとやるバスケなの。わたしはそれが好きだったの』

『休み時間のドッジボールもうまく動けなくて、動いてないのに誰もわたしにボール当てなくて、そういうのやだ。鬼ごっこの時もみんなわたしにだけタッチしなくて、そういうのやだ』

流れ星が降ってきたように、はっとした。

できるだろうか、そんなことが。今までやってきたことといえばパーツの調整作業や組立て作業だけだから判断がつかない。でも、自分には無理でも、あの人になら。

百花は腹に力をこめて、生まれたての光にあふれる空を仰いだ。

もし、もう一度チャンスが与えられるなら、みちるちゃん、あなたに伝えたい。

あなたはもう全部終わりだと言ったけど、何も終わってなんかいないということを。あなたはあなたをいらないと言ったけど、あなたのまわりにいる人たちはあなたが大好きで、またあなたが笑ってくれる日を待っているということを。

『新しい車いすなんか、いらない。それより足がほしい。ちゃんと歩ける自分の足』

そう、その通りだ。あなたを大切に思う人たちの誰もが本当はきっとそう思ってる。もしあなたに足をとり戻してあげられるなら何を引き換えにしたって構わないと。でもそれはできなくて、あなたもそれをわかっている。痛いほどに。

それでも、みちるちゃん、何も終わってなんかない。これまでとは別の形であなたはまた絶対に走ることができる。その方法を考えるのがエンジニアで、あなたを自由にするパートナーが車いすだ。

目に熱くこみあげてきたものをパーカーの袖で拭って、百花は身をひるがえした。まぶしい朝陽のなか、アパートめざして全力で走る。とにかく早く考えをまとめなければ。時間はない。一分一秒が惜しい。

昨日の失態でもう営業設計の仕事はさせてもらえないかもしれない。それならそれで仕方ない。それが自分がしたことの結果だ。それに、どんな立場で車いすを作るのかということは、もう一番大事なことじゃない。

わたしは、車いすエンジニアになりたい。

その車いすを使う目の前のひとりのために、自分のすべてをさし出して寄り添える、本当のエンジニアに。

第四章

1

　ああだこうだと悩みながら慣れない作業をしていたら、いつもよりアパートを出るのが遅くなった。百花は自主的に早めの出社をしているので出勤時刻には十分間に合うのだが、自分と同じように早めに出社している相手を捕まえてすぐにでも話をしたい。なにせ相手は多忙な第二工場のエース、時間をとってもらえるかわからないのだ。

　朝ごはんの菓子パンを詰めこんで部屋を出た百花は、一心不乱にオレンジ色の自転車をこいだ。町を抜けると、目につくのは田んぼと畑とまばらな民家ばかりの平和な風景が広がる。竜の抜け殻みたいな長い飛行機雲が、ひさしぶりの青空に浮かんでいた。

『藤沢製作所株式会社』のスカイブルーの看板が見えてきた時、看板の数メートル手前に、マラソン選手のような一定のスピードで走っている長身の男性を発見した。

「小田切主任、おはようございます！」

「なっ――」

　百花がフルスピードで前方に回りこんで自転車の急ブレーキをかけると、モノトーンのウェア姿の小田切は後ろに一歩あとずさった恰好で固まった。二秒後、硬直の解けた小田切は眉を吊り上げ、百花を叱り飛ばす時のあの恐ろしい眼光でにらみつけた。

「おまえ……今の奇襲はどういうつもりだ。返答次第ではこっちにも考えがあるぞ」

「昨日は本当に、す——面目次第もありませんでした」

自転車から降りて「すみません」と言いかけたが、それは見当違いだと思いなおして、悩んだ結果そういう言い方になった。頭だけは膝に額がぶつかるくらい下げた。

そして百花が顔を上げると、小田切は小さく眉をひそめていた。

「それを言うために人を背後から猛スピードで襲ったのか」

「それだけのためではないです。就業時間前からすみませんが、お時間をいただけないでしょうか。みちるちゃんの——佐山さんからの依頼のことでお話があります」

「佐山さんの依頼はキャンセルされた」

「わかってます。わたしがちゃんとみちるちゃんの本当の気持ちと向き合わなかったので、結局車いすを作る以外の提案もできないまま終わりました。——あれから、考えたことがあります。それを聞いていただきたいんです」

お願いします、ともう一度深く頭を下げる。一拍後、かすかなため息が聞こえた。

「わかった。工場行って着がえたら聞く」

そう言って小田切はまた藤沢製作所に向かってマラソン選手のようなスピードで走り

始め、百花もオレンジ色の自転車であとを追いかけた。

百花が更衣室で作業服に着がえて第二工場のC棟へ行くと、小田切はすでに営業設計の小部屋で自分のデスクについていた。何かの書類を見ながらデスクトップパソコンを操作していたが、百花がガラス張りの壁を小さくノックすると「入れ」というように顎を引いて合図した。

まだ出勤していない満井のキャスター付きの椅子を借りて、小田切のデスク前まで引いてくる。至近距離で向き合うとまた昨日の羞恥と消えたい気持ちがぶり返して、百花は顔を伏せた。

「――昨日は、本当に面目次第も……」

「それはもういい」

さえぎるように言ってから小田切は嘆息した。めずらしい、ばつの悪そうな表情で。

「昨日の件は、そもそも俺の下準備が悪かった。先入観がどうのこうのと言ってないで、佐山さんから電話を受けた時の印象をおまえにも話しておくべきだった。おまえはクライアントとのやり取りの経験がないんだから、こういうことかもしれないから留意しておけとあらかじめ話しておくべきだった。……満井さんや工場長なら、もっとうまくやれたんだ。昨日のことは俺の不手際だった。だからもう気にしなくていい」

百花はうまく言葉が出なかった。昨日自分がずっと身の置き所のない気持ちでみちるのことを悔いていたように、小田切もずっと考えていたのだろうか。ああすればよかった、こうすればよかったと、小田切ですら後悔するんだろうか。

「それで、話というのは？」

小田切がいつものシャープな口調に戻って話を切り替えた。

百花は背すじを正し、切り出し方を考えて、息を吸った。単刀直入にいこう。

「みちるちゃんに、新しい車いすを提案したいんです」

小田切は、言葉の続きを待って沈黙を守る。百花は持参してきたクリアファイルを開きながら続けた。

「佐山さんが依頼してきたようなバスケ車ではなく、もっと別の……すみません、下手くそでよくわからないとは思うんですけど……たとえばこんな感じの」

おずおずと、今朝描き起こしたイメージ図を小田切にさし出す。かろうじて車いすとわかるくらいのまったく情けないしろものなのだが、小田切は笑わずにながめる。

「身軽に動けるように、タイヤにはキャンバー角をつけます。でも、本格的な競技用車いすよりはずっと角度を抑えて、それによって車いすの車幅を日常のシーンでも使える程度に収めます。従来の日常車と競技用車いすの中間のイメージで……勉強の時にも、体育の時にも、外で遊ぶ時にも使える、普段使いの車いすにしたいんです」

「――なぜ、こういう車いすを提案しようと思った？」

「佐山さんが昨日、みちるちゃんの写真をたくさん見せてくれました。学校でやってたミニバスだけじゃなくて、運動会の徒競走や騎馬戦も、キャンプ場でのテニスも、海に行った時のサーフィンも、一輪車に乗ってる写真までありました」

どの写真の中でもみちるは快活に笑っていた。スポーツ万能の人気者らしく、いつも友達や家族に囲まれて。

「それから昨日のお母さんの話では、みちるちゃんは学校に復帰した時、車いすでミニバスの練習に加わっていたということでした。そのアクティブさって、並みのものではないと思います。それだけみちるちゃんはバスケとクラブの友達が好きだったし、自分なりにミニバスを通してこれからの生活を立て直していこうとしたんだと思います。それからみちるちゃん自身も、休み時間にみんなでドッジボールをしたり、鬼ごっこをしたと話してました。そういう点から思ったんですが、みちるちゃんは、本当に身体を動かすことが好きなんだと思います。それも何かひとつの種目に打ちこむというよりも、いろいろなスポーツを、友達や家族と一緒に楽しむのが大好きなんだと思います」

いったん言葉を切り、呼吸を整える。そうすると、みちるの顔が浮かぶ。裏切ってしまった。もう遅いかもしれない。でも、どうか、もう一度チャンスを。

「……もうバスケはやめるって、昨日みちるちゃんは言ってました。確かに、車いすでは健常者の大会には出られない。全国をめざすほどのチームの練習についていくのは難しいかもしれない。でも、みちるちゃんはこれからも学校に行きます。友達と関わります。その時間をつらいって思いながらじゃなく、楽しんで過ごしてほしい。前のみちるちゃんがそうだったみたいに。そのために、みちるちゃんがもっと自由に動きまわれる車いすがあったらいいと思うんです。バスケ車とかテニス車みたいに競技に特化した大きくて重くて本格的なものじゃなく、でも日常車よりはずっと身軽にくるくる動けて、休み時間のドッジボールも、鬼ごっこも、クラブの友達と楽しむためのバスケも、いろんなことが今よりもっと自由にできる車いすがあったら」

経験も技術も何もないから、ただ言葉と下手くそなイメージ図でしか説明できないのがもどかしい。頭の中には、それに乗ってみちるが友達と遊んでいるビジョンが、はっきりとあるのに。

小田切は、デスクに肘をおいた右手でこめかみを押さえ、百花のイメージ図をながめていた。そして不意にマウスに手をおくと、しばらく操作して、なぜかモニターをこちらに反転させた。

「たとえば、こういうのか」

百花は腰を浮かせてモニターをのぞきこみ、思わず声をこぼした。

モニターの中には二つの画像が並列して表示されている。左側は百花も日頃から見慣れている設計図。車いすを形づくるフレームや各部品の図に、細かく寸法や角度の指定が書き添えられている。

そして右側は、その設計図から完成した車いすの立体画像だった。指を伸ばせばふれることもできそうな、こういう立体画像を百花は初めて見た。モニター空間に浮かぶ車いすは、イメージ上の車いすが、霧の向こうから現実にとび出してきたみたいに、思い描いたそのままの姿をしていた。

けれど、設計図と立体のイメージ画像を見比べるうち、それが実際には自分が思い描いた以上のものであることがわかった。

小田切は、車いすにSサイズとMサイズの二種類を設定していた。車いすはユーザーの身体に合わせたオーダーメイドだと思いこんでいた百花は驚愕し、小田切の意図に気づいてしびれた。そうだ。これは、精神を削り合うアスリートの試合のための車いすではない。もっと日常のシーンで自由に動くための車いすだ。だから本格的な競技用車いすほどのストイックなフィッティングにこだわることはなく、こうしてサイズをいくつか用意してユーザーが選択できるようにすれば、厳密な採寸をもとに作るオーダーメイドよりも手間が減る分価格を抑えられる。それに、ややゆとりを持ってサイズ選択をすれば、子供の身体が成長する間もしばらく車いすに乗り続けることができる。それは子供にとってもうれしいことだし、保護者の金銭的負担も緩和されるだろう。

完璧だ。こんなのは、自分には思いつけなかった。

「何だ、その食事を横取りされた恨めしい犬のような顔は」

「……だって、頭絞って考えたのに、こんな完璧なのサラッと——くやしいです……」

「それはこっちの台詞だ。ずっと温めてきたアイディアとほぼ同じものを、入社して一年四カ月の後輩にひと晩で思いつかれて非常に面白くない」

渋面の小田切がこぼした、ずっと温めてきたという言葉に百花は面食らった。てっきり小田切は、みちるのためにこの車いすを設計したと思ったのだ。

小田切が小さく嘆息しながら、長い指でモニターの向きを直した。

「子供のためのスポーツ車がないのはどうなんだっていうのは、前から考えてたんだ。もちろん小学生のうちから大会に出ている子だっている。世界のジュニアと肩を並べて戦っている子だって大会会場ではたくさん会う。でも、そういう専用の車いすを持って競技をする子たちは車いすで生活する子供たちの一握りだ。東京パラリンピックが騒がれてるわりに車いすスポーツの競技人口が、とくに子供が減ってるのが問題になってるが、子供たちが車いすスポーツに参加してくれないのは、参加しやすい土壌を作ってこなかった俺たち業界の人間にも責任がある。だから、子供たちが日常生活の一部としてスポーツにふれられるような車いすが——従来の日常車と競技用マシンの長所を組み合わせた、子供たちが自分の可能性を見つけるきっかけになる車いすがあればいいんじゃないかと思った」

そして小田切はこの車いすを考えた。百花はモニターの中に浮かぶ、子供たちの未来への願いの結晶のような車いすを見つめた。――やっぱり、小田切は違う。子供たちのための土壌とか、きっかけのための車いすなんて、考えたこともなかった。

「これは……ここまで出来てるということは、じきに商品化するんですか？」

「いや。おまえが第二に来る前に工場長が会議にかけてくれたけど、需要が見込めないってことで却下された。全社売上の一割でしかない競技用車いすの、さらに子供だけをターゲットにしたものなんて商品化したところで売れるわけがない、と。……正論だ。ちょうど東京パラリンピックの影響でスポーツ車の注文も増えて忙しくなってきた頃だったから、それきりだった」

知らなかった、そんなことがあったなんて。百花はくやしいのとかなしいのとがない交ぜになった気持ちでモニターの中の車いすを見つめた。

「でも……商品化は無理でも、みちるちゃんに提案することはできますよね。もうここまで出来てるわけですから、すぐにでも。この車いすがあったら、みちるちゃんも休み時間をもっと楽しく過ごせると思います。友達と遊ぶ時間だってきっとずっと」

「無理だ」

静かに断じられて、百花は口をつぐんだ。

「無理というのは……なぜですか」

「昨日も言ったが、みちるが望んでいない車いすを押しつけたところで、それは彼女にとって重荷にしかならない。そして彼女は昨日言っただろう、新しい車いすなんていらないと。みちるが望まない以上は、こちらができることはないんだ」

小田切の言うことは、正しいんだろう。その通りなんだろう。でも。

「でも、みちるちゃんが『いらない』と言ったのはお母さんが作ろうとしていたバスケ車のことで、その『いらない』という気持ちだって、今はとにかく車いすの生活になる前とのギャップに打ちのめされてて、それでもう嫌になってしまって——そんなふうにわたしには聞こえました。みちるちゃんも、お母さんも、ほかのご家族も今は八方塞がりみたいになってるのかもしれない。だったら、だからこそ、こういう車いすでもっと毎日を楽しくできるよって提案したら、みちるちゃんも元気になってくれて、そうすればまたいろんなことに立ち向かっていけるかもしれない」

「思い違いをするな。俺たちは車いす屋だ。彼女の友人でもなければ、家族でもない。車いすがほしいと言われれば全力で最高のクォリティのものを作り上げる、けどやっていいのはそこまでだ。おまえの言うことは俺たちの職分を越えてる」

自分の何倍もの経験と意識の高さに裏打ちされた言葉の迫力に、百花は気圧《けお》されて口をつぐんだ。——小田切は正しい。わかっている。でも。

ほんの短い時間ではあったが、みちると佳代子に関わった。佳代子も、そしてみちるも、どこへ進めばいいのかわからない苦しさの中にいて、自分はその二人の気持ちに少しだけふれた。それなのに、何もできないまま、あれきりで終わってしまうのか。

膝の上で手を握りしめていた百花は、ぐいと顔を上げた。

「主任、話は変わりまして、わたしまだ一度も有休をとってないのでお休みをいただきたいのですが。できれば明日とかそのあたりで」

「……は？」

小田切の眉間に不穏な深い線が刻まれた。

「何をたくらんでる」

「え、たくらむとか別に」

「思いきり目ぇ泳いでるだろうが。どこで何をする気だ」

「ゆ、有給休暇は、社員に保証された権利であり、理由を報告する義務はなく……」

「もし個人的に佐山親子に接触しようと考えてるなら、言語道断だぞ。依頼を受けて面談するっていうならまだクライアントとエンジニアだ。だけど藤沢を離れたおまえは、あの二人に対して何者だっていうんだ。そんな立場で何をするつもりだ」

いつも正しい小田切の言葉に、ちっぽけで未熟な自分は返す言葉を持たない。

でも、そんなまだ何も持たない自分が今の自分であるなら、それを認めてかろうじて手の届くものをかき集め、全力を尽くすしかない。

「昨日、主任はおっしゃいました。それが誰でも、目の前のひとりのために自分の持ってるものを全部さし出して寄り添えないなら、エンジニアにはなれないって。——昨日のわたしは、目の前にいるみちるちゃんのことも、佐山さんのことも、ちゃんと見えてませんでした。自分しか見えてなくて、みちるちゃんに寄り添わず、失敗しました」

言葉を継ぐごとに昨日の自分を思い出し、みぞおちがぎゅっと痛む。でも、その痛みも受け止めなければならない。そうでなければ目的地へ進めない。

「わたしは、エンジニアになりたいです。ちゃんと本当のエンジニアに。みちるちゃんはわたしの初めてのクライアントです。昨日あんなことになって、もう遅いかもしれないけど、わたしが持ってるものは本当に少ないけど、それを全部使って、みちるちゃんにわたしができることをしたい。もし主任の言うように、この車いすもみちるちゃんの重荷になってしまうようなら諦めます。わたしはみちるちゃんに自分の考えた車いすを使わせたいんじゃない。そうじゃなく、伝えたいことがあるんです」

こちらを見る小田切に、まっすぐに目を合わせる。

「昨日みちるちゃんは『もう全部終わりだから』と言いました。でも、そうじゃない。足が動かなくなっても、車いすで生活するようになっても、何も終わったりなんかしない。わたしはそれを知ってます。だから伝えたい、みちるちゃんに」

ココココ、とパソコンが稼働するかすかな音が聞こえていた。

長い沈黙のあと、小田切が少々荒っぽく嘆息した。

「あくまで聞くだけだぞ。——何をどうするつもりなんだ」

百花は考えを話した。小田切は眉をひそめた。

「彼女は今海外じゃないのか？　確かジャーマンオープンに出ていたはずだ」

「いえ、昨日帰国したそうです」

「そもそも、彼女は了解してるのか」

「今すぐ確認を取ります」

作業服のポケットからスマートフォンを抜き出して、かいつまんだ用件内容を作成したあと『空いてる日に時間をとってもらうことはできる？』と最後に書き添える。まだ朝八時を少し過ぎたくらいの時間だが、何日何曜日の何時でもいいと言ってもらったことを信じてメールを送信した。待つこと約三十秒、ピロリンと返事が届いた。

『今日ならいい』

あいかわらず簡潔すぎる返答だ。今日ですと!?　と百花もさすがに目を疑ったが、こう答えてきたということは、チャンスは今日だけなのだ。

百花は素っ気ないひと言しか表示されてない液晶画面を小田切に向け、頭を下げた。

「有休をとらせてください。もし問題になったら、わたしが主任の言うことを聞かずに暴走したということにしてもらえれば——」

「何を言ってる。製品説明および提案のために外出するなら、それは出張だ」

へ、と顔を上げると、小田切はあの車いすの設計図と立体図を手早くプリントアウトし、クリップで留めてクリアファイルに入れたものを百花の鼻先に突き出した。

「運転免許は持ってたな。ペーパードライバーではないのか」

「実家に帰るとわりと運転してます……一応ゴールドです」

「くれぐれも安全には気をつけろ。営業車で事故を起こすと本当に面倒なことになる。そしてクライアントを乗せたら、万が一の時には切腹するくらいの覚悟で運転しろ」

「はい、腹を切ります！」

「切るな。そうならないように気をつけろと言ってるんだ」

百花はクリアファイルを抱きしめたまま、まだ信じられない思いで小田切を見ていた。まさかゆるしてもらえるとは思わなかったのだ。

「……本当に、行っていいんですか。こういうの、まちがってるって、主任は」

「少なくとも正しくはないし、俺の主義に反するのも確かだ。——ただ、もしおまえがしようとしてることがきっかけになって、あの子にとっていい方向に転ぶなら、少しばかり問題になっても儲けはあるだろう」

喉の奥が苦しくなって、目の奥がツンとした。小田切はいつものように眉を吊り上げ、耳がしびれるくらい低い声で檄《げき》を飛ばす。

「そんなふうにぼんやりしてる暇はないはずだぞ。俺が工場長に話を通す間に、佐山さんにアポを取って細かい段取りも決めておけ。行動は迅速に」

「は、はい！」

恐い上官に指をさされ、百花はあわててC棟をとび出した。

2

「こんなところまでわざわざ来てくださって、ありがとうございます」

佐山佳代子は、当惑のまじった弱いほほえみで百花を出迎えてくれた。

みちるの自宅は東船橋《ひがしふなばし》駅に程近い住宅地にあり、十一時になる直前に到着した。百花は営業車の置き場所を一番心配していたのだが、みちるの父親は自動車通勤しているらしく、日中は車庫が空いていて、そこに駐車させてもらえた。

「とんでもありません。こちらこそ、急なお願いにもかかわらずお時間をとってくださってありがとうございます」

「いえ――そんな。もう一度、きちんとお詫《わ》びしなければと思っていたんです。昨日はお手間をとらせた上に、お恥ずかしいところまでお見せしてしまって……」

佳代子はリビングに百花を通して、きれいな花柄のティーカップに紅茶を淹《い》れてくれたが、百花は彼女が『新しく考えた車いすを提案したい』という申し出に興味を持ってくれたわけではないことを察した。そうではなく、佳代子は昨日みちるが本当の気持ちを吐露して面談が中止になったことの罪悪感から、今日の来訪を受け入れてくれたのだろう。

「お詫びなんて必要ありません。わたしこそ昨日は何もできず、申し訳ありませんでした。ですが、あれからみちるちゃんにもっと毎日の生活を楽しんでもらえるような車いすを考えました。あ、いえ、実際に考えて設計したのは小田切なのですが……とにかく、みちるちゃんに見てもらいたいんです。お母さんにも」

自分の心がまっすぐ伝わることを願いながら佳代子に語りかけた。佳代子は礼を言うように微笑すると「みちるを呼んできます」とリビングを出ていった。

百花はソファに座ったまま、きれいに片付いた室内をながめた。なめらかなフローリングの床に、通路となるスペースが十分に取られた家具の配置、段差のない出入り口。車いすでの生活に配慮された内装だ。百花が座っているソファも、普通なら二、三人が一緒に座る横長のものが置いてありそうなところに、一人掛けのソファが三つローテーブルを囲む形で設置されている。これも、みちるのために家族が考えたのだろう。これならみちるも車いすのまま家族と並んでテレビをながめられる。

不意にリビングのスライド式のドアが開いた。

ふり向いた百花と目が合うと、みちるはうつむき加減になり、頷くように会釈した。

「こんにちは、みちるちゃん。昨日も会ったけど、山路百花です」

立ち上がって、声の調子と笑顔に気をつけて改めて名乗った。みちるはやはり目を合わせてくれないが、こんにちは、と小さな声で返してくれた。

佳代子がみちるの分も紅茶を運んでくる。彼女もソファにつくのを待ってから、百花はクリアファイルからとり出した車いすの設計図と完成イメージ図をテーブルに並べた。

「今日は、新しく考えた車いすのことを話したくて、おじゃましたの。バスケット用の車いすじゃなく、もっと別の」

みちるは無言で小さく頷いたが、チラッと迷惑そうな色がよぎるのが見えた。別に頼んでないのに、という顔だ。でも昨日はずっと人形のように無表情だったみちるが正直に気持ちを表してくれたのがうれしくて、百花は頰がゆるんだ。

「みちるちゃん、昨日言ってたよね。学校で友達とドッジボールする時も、鬼ごっこする時も、車いすじゃ思ったとおりに動けないって。どうして今の車いすは動きにくいのか、説明してもいいかな？」

ちょっと意表を突かれた様子で、みちるが目をまるくする。百花は左右の手を顔の前に、地面に対して垂直になるように立てて見せた。

「みちるちゃんが今乗ってるおうち用の車いすや、学校に行く時に使ってる外出用の車いすは、タイヤがこうなってるよね。まっすぐで平行。こうして地面と垂直になってるタイヤは、まっすぐに進もうとする力が働くの。だから前や後ろに進みたい時は問題ないんだけど……すみません、これ、お借りしてもいいでしょうか」

佳代子が出してくれた角砂糖入れのふたがちょうどきれいな円形だったので、百花はそのふたを借り、床に落ちて壊れないように細心の注意を払いながらテーブル上を転がした。ふたはしばらくテーブル上を直進したが、やがて右側に傾くと、どんどんカーブを小さく急にしながらくるくると回り、やがてはパタンと倒れた。

「今のが車いすで右を向いたり、左を向いたりする時に必要なタイヤの動き。つまり、車いすでくるっと左右にターンするためには、そのターンする方向にタイヤが傾かないといけないの。でも日常用の車いすはタイヤがまっすぐになっているから、横に動こうとすると垂直なタイヤを無理にひねらなくちゃいけなくて、グッと突っかかるし、方向転換にも時間がかかっちゃう。みちるちゃんが『動きにくい』って感じる大きな原因はここなの。ドッジボールでも鬼ごっこでも、あとは移動教室や掃除の時間でも、あそこに行きたいって思った時に、前や後ろ以外にはすぐに進めないというのが原因」

ここまではいいかな？　と小首をかしげると、みちるは「わかったようなわからないような」という感じで眉根をよせている。百花は苦笑しつつ、顔の前に平行に立てた両手を、今度は『ハ』の字型に傾けてみせた。次さえ理解してもらえれば問題はない。

「だから車いすスポーツの選手が使う車いすは、ほとんどこんなふうに最初からタイヤを傾けてある。こうすればターンが簡単にできるし、車いすも倒れにくくなるし、前や後ろへの動きもとても安定したものになるの」

「じゃあ、どうしてタイヤがまっすぐな車いすなんて売ってるの？　そんなにいいことばっかりなら、みんなそんなふうにタイヤ傾けちゃえばいいのに」

納得がいかない、というようにみちるが言う。打てば響くようなクレームに、百花はうれしくなってしまった。

「うん。本当にそうなんだけど、大きな問題があるの。タイヤの傾きが大きくなればなるほど、わかるかな、タイヤの下の方が外に出っ張って車いすの横幅が大きくなっちゃうんだ。そうすると通路を通れないとか、ドアを抜けられないとか、いろいろ困ることが出てくる。本当は車いすが大きくたって全然困ったことが起きない街や建物ばかりになったらいいんだけど……残念ながら今はまだそうじゃないから、普段使う車いすは、タイヤをまっすぐにしてなるべくコンパクトに作ってあるの」

ここまでが前置きだ。百花はあらためて、テーブルに広げた新提案の車いすの設計図と完成イメージ図をみちるに向けて広げた。

「この車いすは、今みちるちゃんが使ってる日常用の車いすとスポーツ選手が使ってる車いすの、いいところを合わせたもの。具体的にはタイヤにマイナス12度の角度をつけてある。選手の本格的な車いすに比べればかなり角度は浅いけど、今の車いすよりはずっと楽にくるっと回ったり、走ったりできるようになるよ。それにタイヤの角度を抑えた分、車いすの横幅もそこまで大きくならなくて済む。じつはここに来る前に、みちるちゃんの小学校に寄ってきたの。職員さんに頼んで昇降口のドアの幅と、教室のドアの幅、勉強する時の机の幅を調べさせてもらった。この車いすならちゃんと学校のどこのドアも抜けられるし、そのまま机について勉強もできる」

「……そこまで調べて、考えてくださったんですか？」

驚いたように佳代子が言う。けれどそれは驚くようなことではなく、エンジニアとして当たり前のことだ。

「みちるちゃん。この車いすで学校に行ってもらいたいというのが、わたしたちの新しい提案。この車いすで机について教室で勉強する。休み時間になったらそのまますぐに友達と体育館に行って、バスケやドッジボールができるよ。練習すればバドミントンなんかのラケットを使うスポーツもできると思う。グラウンドに出て鬼ごっこをしてもいい。ほかのスポーツも、これなら大抵の種目に対応できると思う。何をしようとしても、この車いすは今までよりずっと軽く自由にみちるちゃんが動くのを助けてくれるよ。みちるちゃんがやりたいことを、やりたい時に、やりたいようにできるように」

みちるは唇に小さな隙間を作り、車いすの設計図とイメージ図を見つめていた。その大きな瞳に、とてもささやかな、でも確かな生気の光が生まれたように見えた。

「みちる――この車いす、素敵じゃない？　お母さん、みちるの気持ちもよく考えないでバスケができる車いすを作ろうって空回りしちゃったけど、でもこれなら、学校にいる時もお友達と楽しく遊べるんじゃないかな。学校に早く行けって言ってるんじゃないのよ。それは、みちるの用意ができたらでいいの。焦らなくていいの。でもお母さん、お母さんだけじゃなくてお父さんも、みちるが少しでも楽しく毎日を過ごしてくれたらうれしいのよ。それだけ。ほかには何もないの、ただそれだけ」

佳代子の声に少しだけ涙がまじり、彼女はそれをごまかすようにティーカップをとって紅茶を飲んだ。

みちるは、黙って設計図とイメージ図を見つめていた。

時間が経つごとに、さっき彼女の瞳にきらめいた光は消えて、代わりに静かな諦めがそこに広がっていった。

「でも――これだって、車いすでしょ」

所詮は、というようなニュアンスを含んだ響きだった。

「いろいろできるようになるって、でもそれ、自分の足で歩けるくらいできるわけじゃないでしょ。車いすにしては、いろいろできるってことなんでしょ。それなら今使ってるのとそんな変わんないよ。だったらいい。お金だってすごくかかっちゃうし」

「みちる、あなたはそんなこと考えなくていいのよっ」

「考えなくていいって、どうして？　だってわたしのことだよ。もういいの。お母さんとか百花さんの気持ち、ありがたいけど、もうわたし、こうなんだから。障がいのこと、受け入れなきゃいけないでしょ。だから、もういい」

　まるで余生をすごす隠者のように静まり返ったみちるの目を見つめ、百花は小田切の言葉を思い出していた。

『みちるが望まない以上は、こちらができることはない』

　その通りだ。自分たちは依頼に応えて仕事をする立場で、クライアントが望まなければ何もすることができない。小田切の設計したこの車いすがどれほどすばらしいものであろうと、みちるが乗りたいと言ってくれなければ作ることはできない。

　けれど、わたしは知っているのだ。

　もうだめかもしれないと思うほど傷ついて諦めに沈んだ人の心も、息を吹き返すことがあるということを。人にはそれだけの力が眠っているのだということを。

　だからまだ帰ることはできない。本当にもうお手上げだというところまで自分にできる何もかもをやってからでなければ、ここは退《ひ》けない。

「みちるちゃん。もしよかったら、これから一緒に東京の昭島市に行かない？」

みちるが顔を上げ、怪訝そうに眉をよせた。

「昭島市……？」

「うん、わたしの育ったところ。駅の近くに大きなテニスクラブがあって、車いすテニスをやってるわたしの友達がそこを練習拠点にしてるの。その人は全国2位の選手で、このままいけば二〇二〇年の東京パラリンピックに出場するかもしれない」

「パラリンピックに？」

やはりパラリンピックのインパクトは絶大らしく、佳代子が目を大きくする。みちるも驚いたようだったが、すぐに警戒心を漂わせて眉をひそめた。

「だから何？　そういう障がい者でもがんばってる人がいるんだから、わたしも新しい車いすでがんばれってこと？」

わたしの心はわたしのものであんたの思惑どおりにはならない、とでも言いたげな挑戦的な目つきだ。この子は敏感で、とても聡《さと》い。百花はなるべく何も隠さず、何もごまかさず、みちるを見つめ返した。相手の本当の気持ちに向き合うということは、きっと、自分の本当の気持ちを相手に向けて開くということでもある。

「確かにみちるちゃんが何かを『がんばろう』って思ってくれたら、そんなふうに楽しくて張り合いのある気持ちになってくれたら、すごくうれしい。でも、そうならなくてもいい。何をしても、しなくても、みちるちゃんはみちるちゃんで、それだけでいいの。

ただそれとは別に、わたし、みちるちゃんに伝えたいことがあるんだ。みちるちゃん、昨日言ったよね。『何もできない』って、『もう全部終わり』って。でも、それは違う。みちるちゃんのその身体には、みちるちゃんが思ってる百倍、ううん、千倍はすごい力が眠ってて、効果的な身体の動かし方を覚えて適切な道具を使ったら、みちるちゃんの生活はもっとずっと変わる。それをみちるちゃんに知ってほしいの」

当惑を浮かべるみちるに、百花はほほえみかけた。

「でもそれはわたしの都合だから、もちろんみちるちゃんが嫌だったらいい。遠慮はいらないから。ただ、もしちょっとでも興味があったら、気分転換くらいの気持ちで来てもらえないかな。今日は天気もいいし、コートもきっと気持ちいいと思う」

百花が窓に目をやると、それにつられたようにみちるも同じ方向へ視線を流した。窓ガラスの向こうの、やや雲の多い晴れ空。天気予報によれば今日は一日こんな空模様で、暑くてまいるほどの気温にはならないらしい。梅雨の合間の、貴重な青空だ。

窓の外を見つめるみちるの横顔に、うずうずするような表情が一瞬見えた。じっとしているよりも身体を動かすほうがずっと好きな活発な彼女本来の顔が、ちらっとのぞいたみたいに。やがてみちるは、ぼそりと言った。

「……行っても、いいよ」

3

百花は小田切に定期連絡（「必ず入れろ」と厳命を受けた）でこれから昭島市に向かう旨を伝え、佳代子とみちるを営業車に乗せて出発した。自分だけなら事故を起こしても自分のことで済むが、二人の命も預かると思うとやはり冷や汗が浮かぶ気持ちになる。ちなみに営業車はバリアフリー設計になっているので、みちるにはバックドアからスロープを使って車いすのまま乗り込んでもらった。

先に船橋市内で早めの昼食をすませたあと、ナビが示すとおり国道一四号線から首都高速、中央道、八王子《はちおうじ》ICから国道一六号線を通って昭島へ。バックミラーで時々うかがうと、みちるは窓に顔を近づけて外の風景を見ていた。

もしもの時には腹を切る覚悟でハンドルを握ること約一時間半。百花はなんとか目的地の駐車場に営業車をすべりこませ、ほっと安堵のため息をついた。

昭島駅から徒歩数分の大型テニスセンター。昭島テニスクラブ、通称ATCだ。

「おっきい……」

駐車場から施設内に入ったみちるが、あたりを見回して感嘆するように呟いた。

みちるの言うとおりATCの敷地面積は五平方キロメートル弱、東京ドームに匹敵する広さで、もはや施設というより『町』だ。アウトコート22面、インドアコート9面と全天候型のコートがそろい、ナイターゲームにも対応している。テニスコートのほかにもフィットネス施設やグッズショップ、休憩のためのラウンジもあり、この設備の充実ぶりから公式トーナメントの会場としてもよく利用されるらしい。

宝良は小学四年生の頃からこのATCに所属している。高校時代の事故後に車いすテニスに転向し、一年の半分以上を海外ですごす生活を送るようになった現在でも、宝良はこのATCを国内の練習拠点にしている。

『インドアコートにいる』

あらかじめ宝良からもらっていたメールの通り、百花は佳代子とみちるを先導して、航空機の格納庫のような巨大なインドアコートに向かった。

入り口に足を踏み入れる前から、空気をつらぬく打球音が聞こえていた。ラケットのスイートスポットが最適な角度とスピードでボールを捉えた時に響く、爽快な音だ。

薄暗い通路を進むと、4面のハードコートにたどり着く。事故とボールの散乱を防ぐために天井から垂らされた緑色のネットの向こう、白いラインとの対比があざやかなブルーのハードコートに、車いすで走る宝良の姿があった。

「健常者と打ち合ってるんですか？」

佳代子が驚愕に近い声をこぼした。確かにコートで宝良と打っているのはジャージ姿の若い男性だ。宝良が練習に健常者との打ち合いを取り入れていること自体は、百花も知っていた。隣の八王子市にはスポーツ専門学校があり、宝良はそこのテニスコースの学生たちを練習相手にしているのだ。でもさすがに男子を相手にしているのには驚いた。しかも宝良は左右に振られながら果敢にボールに食らいついて、厳しい速球を打ち返している。

百花たちに気づいたのは宝良の相手をする青年のほうが先だった。二十代半ば、あるいはもう少し年上だろうか。宝良にラケットを上げて合図し、百花たちのほうを指す。汗をぬぐいながらふり向いた宝良が、ああ、という顔をした。

「志摩《しま》さん、すみませんが」

「了解です」

青年が毎日運動している人特有のきびきびした足運びでインドアコートを出ていく。宝良は試合中よりも力を抜いたフォームでテニス用車いすを走らせ、こちらに来た。

「たーちゃ……君島さん。こちらが佐山佳代子さんと、佐山みちるちゃんです」

「君島宝良です、初めまして」

こういう時、宝良はとりあえず笑ったりしない。宝良の行動規定書には「愛想笑い」という項目がないのだ。なまじ美しい顔立ちをしているだけに、にこりともしない宝良は迫力があり「よ、よろしくお願いいたします」と頭を下げる佳代子は完全にひるんでいた。みちるも、車いすのハンドリムを握りしめて体勢が引き気味だ。そのみちるに、宝良が視線を向けた。

「みちるちゃん？　コートに入って、準備運動して。とくに肩と腕、よくほぐして」

「え、はい……」

「たーちゃん、あの、もうちょっとソフトに接してくれるとうれしいかも」

百花は宝良の甘さのない口調も慣れたものだが、みちるにはたぶん強すぎる。だから内緒話の声で頼んだのだが、宝良は冷ややかな一瞥《いちべつ》で応じた。

「ばかなの？　ソフトな対応を望むならそもそも人選がまちがってる」

「うっ、返す言葉が……でもあの、相手は小学五年生なので……！」

「一台でいいですよね」

先ほど宝良の相手をしていた青年、志摩（彼もＡＴＣのコーチらしい）がテニス用車いすを押してコートに入ってきたので百花はびっくりした。抜群の安定感に、均整のとれた美しいフォルム。ひと目でわかる、藤沢製だ。

「たーちゃん、このテニス車って――」

「二台だけだけど、去年ＡＴＣが購入したの。最近『車いすテニスの体験はできないか』『車いすテニスを習いたい』って問い合わせが増えてるから」

「これ、もしかして、みちるちゃんに貸してもらえるの？」

「だって、車いすテニスしてみるには必要でしょ」

当然のように宝良は答えたが、百花は驚きのあまりしばらく言葉が出なかった。

百花が今朝、宝良にした頼みごとの内容はこうだ。

身体を動かす楽しさを思い出してほしい女の子がいる。だから宝良の練習風景を見せてもらえないだろうか。それに宝良は『今日だったらいい』と答えた。

しかしどうやら宝良は「見学」ではなく「体験」させてくれる気らしい。

「すごくありがたいんだけど、あの、大丈夫かな……!? 許可とかそういうのって」

「雪代コーチに話してあるから大丈夫でしょ。コーチは外仕事があるから、それを済ませてから来るって」

「雪代さんまで来るの!?」

「教わるならちゃんとした人からのほうがいいでしょ。私、教えるのは全然だから」

ありがたいのだが、ありがたすぎて百花はすっかり焦ってしまった。宝良がここまでしてくれるなんて思わなかったのだ。

「本当にそこまでしてもらって大丈夫……!? たーちゃんだって練習があるだろうし、雪代さんにはたーちゃんの練習見てもらわないといけないんじゃ」

「今日はもともと休養日だし、コーチも話聞いて好きで来るんだから気にしなくていい。それに今日の目的って『身体を動かす楽しさを思い出す』なんでしょ？　だったらあの子だって見てるだけじゃなく実際にやってみたほうがいいに決まってる。ああいう人相の子は、自分で動いてこそ効果的」

「人相……？」

あまり日常会話では使わない言葉に面食らうと、宝良は準備運動をしているみちるに目をやりながら不敵に唇を吊り上げた。

「賭けてもいいけど、あの子はどうしようもない負けず嫌いだよ。私と同じ」


乗ってみて、とテニス車を目の前に出されたみちるは、吸いこまれるようにタイヤを『ハ』の字型にした車いすを見つめていた。昨日、藤沢製作所でバスケ車に試乗した時よりも、明らかに表情に生気がある。

テニス用車いすにはブレーキがついていない。移乗時に車いすが動いてけがをしないよう、百花が車いすを押さえておく役をした。みちるは、ブレーキがないということに驚いたようだ。

「ブレーキがないってどうして？　こうやって乗り換えたりする時、危なくない？」

「危ないかもしれないけど、試合中にはブレーキは使わないからつけてないの。ほかにもどうしても必要なもの以外は全部そぎ落としてある。普段の車いすみたいに荷物入れもないし、アームレストも、介助用のハンドルもないでしょ？　本当に必要なものだけを残して、ぎりぎりまで車いすを軽くしてあるの。少しでも速く走れるように」

百花の話を聞いたみちるは、見知らぬ子とコミュニケーションを取ろうとするように そろそろとテニス用車いすのハンドリムを握った。ためらいがちにこぎ出して、しばらく惰性で走ったあと、ハンドリムをクッと押さえる。

その途端、くるんと勢いよくターンしてこちらを向いたみちるは、目の前で手を打ち鳴らされた猫みたいな顔をしていた。その顔。百花は笑ってしまった。

「回りやすいでしょう」

「……うん。ちょっと、重いけど」

「そうだね、これは大人用の車いすだからみちるちゃんには重たいかも……背中をまっすぐにしたまま、少しだけ身体を前に傾けてみて。腕っていうより肩甲骨でリムをプッシュするの。肩甲骨を閉じながらリムをつかんで、肩甲骨を開きながらプッシュ」

隣で自分の腕を動かしてみせながら説明すると、みちるはコートの中を走り出した。言われたとおり肩甲骨を意識しているのがわかり、さっきよりもフォームから力みが消えている。スピードの伸びもなめらかだ。すごく呑みこみが早い。

しばらくすいすいとコート内を走っていたみちるは、唐突に怖いおねえさんの存在を思い出したという様子で、おずおずと宝良をうかがった。宝良は氷の王女のようなポーカーフェイスでひと言。

「そのまま続けて。あれこれ言われるより、自分で動いて、車いすがどうすればどうなるのかつかむのが一番だから」

そして宝良自身もコートの外周に沿って走り出した。みちるとはワンプッシュのスピードの伸びが格段に違う。コーナーリングもスケートでもしているみたいになめらかだ。みちるはムッと唇を引き結ぶと、宝良のあとを追って猛然と走り始めた。……なるほど、確かにこれは相当の負けず嫌いだ。

「ああ、もう始まってたか。遅くなって悪い」

穏やかだがよく通る男性の声が、インドアコートに響き渡った。コートに入ってきたのは、大きなラケットバッグを肩に担いだ黒いジャージの男性だ。引き締まった長身の色男で、佳代子が「失礼しております」とあわてて挨拶するのに「はい、どうも」と応じる様子も鷹揚《おうよう》としている。宝良が師事している雪代和章《かずあき》コーチだ。

雪代は元プロテニス選手で、引退後はATCでジュニア選手を育成してきたらしい。宝良のことも小学生の頃から指導しており、宝良が事故にあったあともまったく経験のなかった車いすテニスを研究して宝良のコーチを続けてきた。百花は何度か宝良の出場する大会を見に行った時に彼と話したことがあるが、雪代は落語とおしゃれが好きで、草原でくつろぐライオンみたいに余裕とユーモアのある人だ。

「あの、本当にありがとうございます、お忙しいところをこんな……！」

「ああ、いいからいいからそんなの。宝良の唯一の友達は大事にしないとね」

耳のいい宝良が「唯一って何ですか、私の友達の人数なんて知らないでしょ」とコートから尖った声を投げてきた。雪代は噛みつく宝良を魅力的な笑顔であっさりと受け流し、ラケットバッグを担いだまままみちるに近づいた。

「みちるちゃんだね。おじさんは雪代です、よろしく。うん、なかなか手も大きいし、腕も長いな。じゃあこのラケットでいってみるか」

雪代は大きなバッグから赤をメインカラーにしたラケットを出して、みちるに持たせた。あ、と百花はみちるの表情に目を凝らした。赤いラケットを握ったみちるが、ぱっと表情を明るくしたのだ。みちるは赤が好きなのかもしれない。色は案外大事なものだ。気持ちを高揚させるし、それが肉体的なパフォーマンスにもつながる。

「みちるちゃんはテニスの経験はあるのか？」

「少しだけ……お父さんテニス部だったから、何回かコートにつれてってもらって」

「それは上々だ。さっそくやってみよう。まずはラケットの握り方。ラケットの面を上にして、そのままグリップを握る。そう。そこから親指だけを離す。そうすると親指と、親指の付け根のふくらんだところが空くだろう？　そこで車いすを動かすんだ」

みちるは言われたとおり人さし指から小指までの四本の指でラケットを握って、空いた親指と付け根のふくらみでハンドリムをプッシュする。最初はうまく感覚がつかめないようでぎこちなかったが「ラケットがリムにくっついても気にしなくていい」というように何度か雪代がアドバイスすると、なめらかに動き出した。「ターンしてごらん」と言われて、くるんと回ってみせるのも様になっている。何をどうすれば車いすが思いどおりに動くのか、早くもつかんでしまったようだ。

「よし、じゃあ打ってみよう。やっぱり打つのが一番楽しいから。じゃあ先頭、宝良。次にみちる。志摩、球出しやって」

「うす」

「みちる、最初はとにかくラケットに球が当たればいい。ネットでもいいし、コートの外にぶっ飛んだっていいから、とにかく球に追いついて当てるんだ」

志摩がコート中央のネットの前にボールがぎっしり入ったケースを引いてきた。宝良に「いいですか?」と確認すると、ボールを放る。ベースラインから車いすを走らせた宝良は、ワンバウンドしたボールを美しいスイングでネットの向こうに打ちこむ。

「みちる。あの兄さんがボール出しそうになったら、もう走れ。ゴー!」

雪代の合図でみちるが勢いつけてハンドリムを回し、走り出す。志摩はきっとみちるがちょうどよく追いつくポジションを狙って球を投げてくれたのだが、みちるは車いすの操作だけで手いっぱいでラケットを振れず、空振り。みちるが表情を沈ませかけたが

「はい、止まんない止まんない。次々いくよー」と雪代に手を打ち鳴らされ、あわてて

コートの外を回ってスタート位置に戻った。その間にも、宝良が次の球を打っている。百花は正直、こんな初歩的な練習に宝良も参加するのかと驚いていたが、すぐに雪代の意図がわかった。

みちるは、自分の前に打つ宝良がどう動き、どうボールを捉えるのか、後ろから観察することができる。実際そうしろと指示されたわけでもないのに、みちるは大きな瞳にぎゅっと力をこめて、宝良のチェアワークを、球を捉えるタイミングを、球をネットの向こうに叩きこむコンパクトで美しいフォームを食い入るように見ていた。そして視覚から学んだことを、次の自分の番で実践する。最初は球に追いつけなかったみちるは、たった数回のうちに球にラケットを当てるようになった。それでもネットに引っかかるボールをくやしそうに見つめ、どうすればいいんだろうと勢いよく思考をめぐらせている表情で車いすを走らせて戻ってくる。

アスリートの顔だ。

打てないことにくじけるのではなく、では次に打つにはどうしたらいいと考える精神。そして思考と実践の反復によって技の精度を上げていく競技への情熱。

この子はまぎれもなく、アスリートだ。

「みちる、今は前にテニスした時と同じ感覚で打ってるだろう。でもその時よりも今のみちるはずっと低い地点から球を打ってる。だからネットに引っかかるんだ。球にまっすぐラケットを当てるんじゃなく、下からラケットを振り上げる感覚で打ってごらん」

雪代がアドバイスすると、ラケットは当てられているもののネットに引っかかってばかりだったみちるの球が、ネットの向こうに入り始めた。勢い余って球は対面コートの外までふっ飛ぶのがほとんどだったが「おおっ」と百花は思わず佳代子と一緒になって歓声をあげた。

しかしみちるはそれでは満足しない。始めてからもう三十分以上ぶっ続けで打っているというのに、食らいつくような形相で見本の宝良の打ち方を観察し、自分の番になるとそれを実践する。

一時間が経過する頃、みちるの球は七割の確率でライン内に入るようになった。

「おお……宝良、見たか？　この子は逸材だ。俺の教え方がすばらしいことを差し引いても呑みこみが早すぎる」

「なら、ライバルになる前にへし折っておかないと」

「君島さんが言うと冗談が冗談に聞こえなくて怖いですよ」

百花がコートを抜け出して表の自販機で全員分のスポーツドリンクを買って戻ってくると、ちょうど休憩に入ったところだった。といっても指導していた雪代も、球出し役の志摩も、ずっと球を打っていた宝良さえ、ほとんど息も乱していない。ただ、みちるはやはり相当疲れたようで佳代子に借りたハンカチで汗を拭いており、百花がペットボトルをさし出すとすごい勢いで半分以上を飲み干した。

「みちるちゃん、どうかな？」

「ボール返せても、ちゃんと点の取れるところにいかないから、くやしい」

百花としては楽しいかとかそういう次元のことを訊いたつもりだったのだが、みちるは水分補給をしながら小さく顔をしかめた。雪代が面白がる表情で腕組みした。

「うーん、この思考回路、本物だな。昔の宝良を見るようだ」

「じゃあ、やっぱり今のうちにへし折っておかないと」

また冗談も冗談に聞こえないポーカーフェイスでうそぶきながら、宝良は車いすをゆるやかに走らせて対面コートに移動した。

「ボールをちゃんと点の取れるところに返さなきゃっていう考えは感心するけど、本当の試合ならそれだけじゃなく、相手が打ってくるボールを打ち返さなきゃいけないのは知ってるよね。……まあ、まだそこまでは無理かな」

明らかに挑発して口角を上げる宝良に、百花はあわてて手を振った。

「たーちゃん、みちるちゃんまだ初心者だから、そこまでは無理——」

はっと失言に気づいた時にはもう遅く、みちるは眉間にしわを刻み、口をへの字に曲げた負けず嫌いの顔で言い放った。

「やる。試合、やる」

「え、まじすか。雪代さん、あの人一応パラ代表候補ですよ」

「いいんじゃないか。別に殴り合いするってわけじゃないんだし、やっぱり試合が一番面白いしな。ああ、そうだ」

雪代が一同にのんびりと笑いかけ、出入り口に親指を向けた。

「どうせなら、外でやろうじゃないか。青空の下のテニスコートくらい、気持ちのいい場所はないからな」

頑丈なドームで陽がさえぎられ、夏でもひんやりと涼しいインドアコートから外へ出た瞬間、百花は普段はさほど意識もしない草木のにおいを色濃く感じた。水気の多い夏の風も、鳥の声も、少し雲が多い空の色も、ひどく鮮明に感じた。

「とりあえずワンセットマッチで。志摩、審判な。宝良はハンデでそっち側、みちるはこっち側」

雪代が日当たりの関係でまぶしいほうのコートを宝良に、反対側をみちるに割り当てた。宝良とみちるはそれぞれの陣地に移動していくが、金網のそばで百花と一緒に見守っていた佳代子が、作業服の袖を引っぱってきた。ひどく心配そうな顔だ。

「あの方、パラリンピックに出るかもしれないほど強い選手なんですよね？　みちる、大丈夫なんでしょうか」

「いえあの、彼女もみちるちゃんにハッパをかけるためにああいう言い方をしてるだけで、ちゃんと手加減——」

話している途中で、宝良がしなやかに背を反らせてトスを上げ、サーブを打った。

パァン、と音を立ててボールはみちる側のサービスコートを打ち抜いた。すさまじい高速サーブに、みちるは身動きできないどころか、目を剝いて硬直している。

「15—0《フィフティーン・ラブ》……おとなげねー」

ぼそっと呟いたのは志摩だ。百花はまっ青になって声を張った。

「たーちゃん!?　みちるちゃんは小学生だよ、手加減して!?」

「ああ、そうなの？　手加減してほしいの？」

宝良が意地悪な笑みで訊ねると、みちるはムカッときた顔で言い放った。

「手加減なんかいらない！」

「モモ、聞いた？　これならしょうがないね」

どうしようもない負けず嫌いの女の子と、愛想笑いも手加減も行動規定にない車いすテニスプレイヤーを前に、百花は口を閉じてすごすご引き下がるしかなかった。

宝良は二球目のボールをとり出して、三度バウンドさせる。そして高々とトスが上がり、またもや宝良の弾丸サーブが炸裂《さくれつ》する——

と、思いきや。

五十歳近いとは思えない俊足でコートにすべりこんだ雪代が、風のようなスイングで宝良のサーブをリターン。宝良はボールにさわることすらできずにエースを取られた。さすがの宝良も不意を突かれた表情で、それから眉を吊り上げた。

「コーチ、それは反則じゃないですか」

「はは、何を言うんだろうな宝良は。俺、シングルス対決なんて言ってないじゃない」

「このたぬきオヤジが……」

「みちる、車いすテニスは球を返すのにツーバウンドまで猶予があるんだ。君が今いる右側の前のほう、そこに来る球にだけ集中して返せ。それで、ふわっとしたチャンスボールがきたら思いっきりぶっ叩けよ。狙いどころでお勧めは、あのおねえさんの車いすだ。車いすに球が当たれば返せない上にこっちのポイントになるからな」

「指導者のくせにえげつないこと教えないでください」

次のサーブは雪代・みちる組で、まだサーブが打てないみちるの代わりに雪代がサービスを代行した。元プロの弾丸サーブにはさしもの宝良も歯が立たない。審判をしていた志摩が「……おとなげねー」とまた呟いたが、今度はもちろん雪代のことだ。

おとなげない二人の間で、みちるも果敢にゲームに参加していた。後方と左側前方は雪代が隙なくガードしているので、宝良はポイントを取るにはそこしかないとばかりにみちるのほうへ球を集めるのだ。もちろんみちるがこれに太刀打《たちう》ちできるわけがない。

ほとんどがボールに追いつけず、かろうじてラケットを当てたとしても、宝良の球威に押されて返球に至らない。

だが雪代・みちる組優勢でゲームカウント4―2、40―30を迎えた時だ。

「あっ、打った……！」

百花の隣で、佳代子が小さな悲鳴のように叫んだ。みちるは宝良が自分を標的にすることを逆手にとって、宝良が球を打つ前にラインぎわに向かって走り出した――要するにヤマを張ったわけだが、それが的中したのだ。宝良が狙ったコースにどんぴしゃの間合いで入ったみちるは、雪代に教えられた通り下からラケットを振り上げるスイングで思いっきり球を打ち返した。

「アウト。デュース」

ボールが勢い余ってコート外に出てしまった時、百花は佳代子と「ああ～」と落胆の声をそろえた。惜しい。すごく惜しい。でもすごい、宝良の球を打ち返した。

その後は雪代がリターンエースを連続で決めてゲームカウント5―2。次も雪代のサーブとあって宝良は苦戦し、40―15で雪代・みちる組がマッチポイントを握った。

しぶとくボールに食らいつくものの、前後左右に走らされて体勢の崩れた宝良が、前方ラインぎわに落とされた球をラケットに当てるだけの苦しいショットで返した。

ふわっと宙を舞ったボール。あっと百花はみちるを見た。

みちるは落下してくるボールの後方にすべりこみ、ラケットを振り上げた。

そうだ、ぶっ叩け！

コートど真ん中に打ちこまれたボールは、高くバウンドしてライン外に飛び去った。

「ゲームセット・アンド・マッチ佐山・雪代　6－2《シックス・トゥー・ツー》」

転がるボールの行方を追っていた宝良が、ため息をつきながらラケットを膝に置き、両手を顔の横に上げた。降参のポーズだ。

ぱっとみちるがふり返った。

「お母さん、今の見た!?」

底抜けに明るい、うれしさと楽しさではちきれそうな、くしゃくしゃの笑顔。

何か答えようと唇を震わせた佳代子が、何も言えないまま顔を覆い、うつむいた。

見たよ。ちゃんと見てたよ。

佳代子の代わりに声を張りながら、百花も視界をにじませるものを堪《こら》えた。びっくりした様子のみちるが、あわてて車いすを走らせてくる。お母さんどうしたの、大丈夫？

娘の問いかけに、佳代子はただ、声も出せずに何度も頷く。

百花が頬に流れたものを急いでぬぐっていると、ゆったりと近づいてくる宝良と目が合った。ラケットを膝に乗せた宝良は、無言のまま小さく頭を傾けて問いかける。

首尾はどう？

百花は頷いた。ありがとう、と唇の形だけで伝える。

みちるに伝えたくて、何も終わってないと伝えたくて、ここには来たはずだった。でもここで自分まで知ることになるとは思わなかった。

さっきのみちるの笑顔。

あれが、わたしの理由だ。

いろんな人が、たくさんの人が、競技用車いすに乗って、青空の下を心のままに駆けまわって、そうして浮かべる笑顔を見たい。これから何度でも、何度でも。

そのためにわたしは、車いすエンジニアになりたい。

＊

帰り道の車の中で、みちるはちょっとばつが悪そうに、小さな声で訊ねてきた。

「設計図見せてもらった、新しい車いすに乗ったら、さっきみたいにテニスできる？」

百花はバックミラー越しにみちるを凝視しそうになったが、運転中だったのであわててフロントガラスに目を戻した。落ち着け、事故を起こしたら切腹だ。

「テニスもできるし、ほかの運動もひと通りはできるよ」

「バスケとか、ドッジボールも？」

「うん。――ただね、車いすはパートナーなの。車いすがみちるちゃんを動かしてくれるわけじゃなく、動こうと努力するみちるちゃんを、車いすが最大限にサポートする」

うん、と答えてしまえばよかったかもしれない。こんなのは説教臭いだけで言うまでもないことなのかもしれない。それでも車いすに関わる者として伝えておきたかった。行きたい場所があるのなら、そこへあなたをつれて行くのは車いすではない、車いすに乗ったあなた自身なのだ、と。

そっとバックミラーをうかがうと、鏡の中のみちるは静かな目で百花を見つめ、それから深く頷いた。

「……お母さん、新しい車いす、買ってもらってもいい？　わたし、あれで学校に行きたい。お金たくさんかかるけど、いい？」

ためらいがちな、小さなみちるの声が聞こえる。百花は前方の車がブレーキランプを点滅させたのに気づいて速度を落とした。ずっと向こうに、赤信号が見える。

「いいわよ。いいに決まってるでしょ。みちるが楽しくてうれしいのが一番なんだって、お母さん、ずっとそう――」

佳代子の声が途切れたあと、お母さん？　とみちるのとまどった声が聞こえた。

百花は車を完全に停止させてから、バックミラーを見た。

鏡の中で、みちるは困った顔をして佳代子の背中をさすっている。「やめてよー……」と眉を八の字にしながら、母親の手を握る。

百花はそっとほほえんで、ミラーから目をそらした。

4

二日後、あらためて藤沢製作所を訪れたみちるのヒアリングと採寸を行い、正式にみちるのための新しい車いす――とりあえず小田切と相談した上でライトスポーツ車と呼ぶことに決まった一台がオーダーされた。

「みちるちゃん、フレームの色は何がいい？」

面談室で最後に百花が塗装色のカタログを広げてみせると、百色以上ある見本を真剣に吟味したみちるは、最後にきっぱりと宣言した。

「ラメ入りの真っ赤」

そう来るんじゃないかと予想していた百花は、笑ってしっかり指定を書きこんだ。

ただ、やはり佳代子におおよその金額を伝えるために見積もりを作ると、その金額には内心ひるむものがあった。車いすは基本的に高額で、スポーツ車となればなおさらだ。しかもみちるのライトスポーツ車はフルオーダーなのでさらに値が張る。

せめてこれが商品化されたものであれば、もう少し抑えた値で提供することができたはずだ。そう思うと、小田切が岡本に協力してもらってジュニア用スポーツ車を提案したものの会議で却下されたという話が残念でならない。

みちると佳代子を見送るために百花は小田切と玄関前の車寄せに立った。車の窓から顔を出して「モモちゃん、ばいばい」と手をふってくれるみちるの笑顔が屈託なくて、百花は手をふり返しながら心臓のあたりがつくんとした。彼女のために、もっと自分にできることがあればいいのに。

「ぼんやりしてないで工場戻るぞ」

佳代子の運転する車が正門前の桜並木を抜けて見えなくなると、小田切が通りのいい低音で促しながら屋根の下に出た。玄関前から延びる細い道路を一度曲がってまっすぐ進めば、そこが第二工場だ。

今日はあいにくの曇り空だった。けれど雲はレース編みのように薄く繊細で、雲間からかすかに空の水色がのぞいている。空気はしっとりと水気を含んで熱っぽい。

小田切は脚が長いために歩幅が非常に大きい。百花がほとんど小走りになってあとに続くと、小田切が肩ごしにふり向いた。

「金曜の午後から俺はいないから、何か用があったらそれまでに済ませておけよ」

「はい。九州大会ですね」

車いすテニス九州大会は、熊本で開催されるローカル大会だ。男女とクァードクラスのシングルス、ダブルス、ジュニアのトーナメント戦が二日間に渡って執り行われる。

ちなみにクアードは、下肢だけではなく手や腕などの上肢も含めた三肢以上に障がいがある、比較的障がい程度の重い選手のクラスだ。

選手たちの戦いの場へ、小田切は工具一式を詰めたバッグを担いで修理班として出かけていく。いつ何が起きるかわからないトラブルを、エンジニアの腕一本で解決する。

自分もいつかそんなふうになれるだろうか。まだ営業設計の見習いの見習いみたいなものだが、車いすを使う選手たちとじかに接する場に、いつか行ってみたい。

などと思っていたら、前を歩く小田切が言った。

「今年中はかなり製作スケジュールが立て込んでるから厳しいかもしれないが、来期になって少し落ち着いてきたら、おまえにもオフィシャル修理班として同行してもらう。基礎的な修理のこともこれからおいおい教えてくから、そのつもりで」

まさか心を読まれたのかと驚きすぎて、百花は目を見開いたまま口をきけなかった。返事がないのを不審に思ったのだろう、小田切が眉をひそめてふり向いた。

「嫌なのか」

「……いえっ、行きます、行きたいです、行かせてください！」

「一回言えばわかる」

すたすたと歩く小田切の髪を、遅れて百花の前髪を風がゆらした。百花は小田切のあとを追いながら、急いで作業服のポケットから手帳とペンをとり出した。

「主任、今まで大会であったリペアの事例って、どんなものがありましたか？」

「……今ここで訊くのか？」

肩ごしに眉根をよせた小田切は、歩きながら体験談を聞かせてくれた。

「そうだな……やっぱりタイヤのパンクとか空気圧調整なんかはよくある。あとでかいのだと、輸送中に車いすが落下してフレームが曲がったケースとか」

「えっ——それってその場で直せるものなんですか!?」

「いや、さすがに無理だからその時は工場に連絡して応援呼んで、大急ぎで持ち帰って溶接してもらった。ただあの場合は関東の大会で千葉と行き来できるくらいの距離だったからできたことで、たとえばこれが九州なんかだったら難しいだろうな。その場合は、近くの溶接できる工場に相談して手を貸してもらうとか——」

「で、できるんでしょうか、そんなこと」

「できるように誠心誠意頼むしかない。あとは……フランスのオッセン選手に『座面がきつくて痛くて集中できない』って言われて、座面削ったこともあるな」

「え……それはいいんですか!? だってきっと担当のエンジニアが、その選手のために合わせて作ったものなんですよね」

「いいか悪いかと言われれば微妙だし、俺もさすがにためらったけど、現実として試合を控えた選手が目の前にいて『痛い』って訴えてる。それで迷って考えて、あの時はやった。今でもあれでよかったかはわからない。オッセンは準々決勝で負けて、それでも礼を言って帰ってくれたけど——」

足を止めた小田切は、記憶をたどるように宙を見上げていた目を、百花に移した。

「大会の会場で何かが起きて、それに対応しなきゃならない時に『これが正しい』という絶対の解答はないんだ。車いすに『これで完璧』っていう完成形がないのと同じだ。だからその時、その状況を分析して、対策を考え抜いて出した答えを実行するしかない。将来的におまえがひとりで修理班の仕事をする時、もしどうするべきか迷ったら『その選手のためには何が最善か』と考えろ。それさえ見失わなきゃ、きっとどんな状況でも取るべき道は見えてくる」

百花は小田切を見つめ返し、しっかりと頷いた。

第二工場に異動してきて三カ月余りの今でも自分はまだまだ半人前で、それでも今は少しずつ、わかってきたような気がする。小田切がくり返す『その人の本当の気持ちに向き合う』『その人のために何が最善かを考える』——その意味が。

きっとこれからも迷うし、焦るし、時にはまた余計な考えで頭がパンパンになることもあるかもしれない。けれど、きっともう見失うことはないと思うのだ。自分がどんなエンジニアになりたいかということを。天の一点を動かずにかがやく北極星のように、エンジニアという道を照らしてくれる道しるべが、今の自分の内にはある。

「あとは、印象的な出来事はありませんか」

「記憶に残っているのはもうけっこう話したが――そうだな、あとは、会場でやたらと車いすに興味を示す奇妙な女子高生に質問攻めにされたこととか」

百花は手帳に書きとろうとしたペンを止めた。

顔を上げると、涼しい表情の小田切と目が合う。じわじわと頬が熱くなった。

「……え、いつから？」

「最初から」

最初というと――採用面接？　あの頃のまだ高校生に毛が生えたくらいだった自分の言動を思い出して、ますます顔が赤くなるのがわかった。

「あの直前に工場長がぎっくり腰やって、満井さんは出張中だし、ほかには誰も手が空いてないしで『座ってるだけでいいから来い』って石巻さんに連行された。言われたとおり座ってたら見覚えのある顔が入ってきて、あれはさすがに驚いた」

「い、言ってもらえたら」

「あの場で？　まさか。それにおまえは全然覚えてないようだったし」

百花はやたらと前髪をなでつけながら、微熱のひかない顔をうつむけた。――覚えていなかったわけではなく、記憶がつながらなかったのだ。面接の時はとにかく緊張していたし、第一工場に配属された一年目はほとんど小田切と接点がなかった。

宝良と一緒に観戦した二〇一五年のジャパンオープン最終日。あの日、リペアのテントで会った青年が小田切だと気づいたのは、第二工場に異動になり、怒るとめっぽう恐ろしい自分の指導係が国内各地の車いすテニス大会にオフィシャル修理班として参加していると知った時だ。まさか、と思い、絶対そうだと確信しても、もうあまりに時間が経ちすぎていたし、きっと小田切は覚えていないだろうと思って、そのまま自分の胸にしまっていた。

まさか小田切が覚えていたなんて、思いもしなかった。

「体験談は、こんなところだ。あとは結局何が起こるかわからないから、実地で経験を積んでいくしかない。工場戻るぞ」

まるでオフィシャル修理班の体験談しか話していなかったかのように、小田切はまたすたすたと歩き出す。百花もあわててあとを追いかけたが、なぜだろう、今だ、と自分の中で声がした。言うなら今だ、と。

百花が駆け足で前に回りこむと、小田切はちょっと目をみはって立ち止まった。

「何だ？」

「主任。みちるちゃんの新しい車いす――ジュニア用のライトスポーツ車を、もう一度商品化するために掛け合うことはできないでしょうか」

百花は意気込んでさらに小田切と距離を詰めた。

「みちるちゃん以外にも、あんな車いすを必要としてる子は絶対にいると思うんです。考えたんですが、みちるちゃんにモニターになってもらって、日常生活のどんなシーンでどんなふうに役立つか、ちゃんと資料にまとめたらどうでしょうか？　それでぐうの音も出ない完璧なプレゼンをして、東京パラ開催の波にのってガツンと商品化を――」

「心意気はわかったが、今は難しい。商品化を蹴られてからさほど時間も経ってないし、一人だけのモニターじゃ上の決定をひっくり返すにはインパクトが足りない」

突進する動物の頭を押さえるみたいに小田切が声を強めた。百花は一瞬ひるんだが、腹に力をこめて小田切を見返した。

「お言葉ですが主任、小田切冬蔵さんは、幹部の人たちの反対にあっても社長と一緒に競技用車いす部門の立ち上げに尽力されました」

一拍沈黙した小田切が、じわじわとそれは居心地悪そうに顔をしかめた。

「……おまえまで祖父《じい》さんの話持ち出すな。入社してから散々からかわれてきたんだ。『奉行の孫』とか『小田切三世』とか」

「お金のことを言うなら競技用車いすは確かにそんなに儲からないです。子供向けならなおさらかもしれない。でも、必要とする人たちのために競技用車いすを作ったから、そういう想いとか時間の積み重ねがあったから、三國智司さんとか七條玲さんみたいな人たちが活躍できる環境になったんだと思います。同じように車いすで生活する子たちが、自分でも知らなかった自分の可能性を見つけられるような、好きなことにもっと打ちこめる車いすがあったら、きっと」

「少し待て。誰も諦めるとは言ってない。今は難しいと言っただけだ」

小田切が手のひらを向けて声を強め、口をつぐんだ百花はまばたきした。

「……というと？」

「前回ジュニア用のスポーツ車を却下された時に指摘されたのは『需要が見込めない』『だから売れるはずがない』という点だ。だったら本当のところスポーツ車をほしがっている車いすユーザーの子供がどれほどいるか、ＪＷＴＡに協力してもらって聞き取り資料をまとめてる。提案には数字を示すのが一番だ」

百花は小田切を凝視した。「そして」と小田切は続ける。

「商品である以上は売上という結果を出さなければならない、それはもっともだ。だから数の根拠以外にも付加価値をつける。今、ジュニア用スポーツ車のことを三國さんと七條さんに話して、二人に監修を頼めないか交渉してる。というか話をしたら二人とも『それいいじゃん』とかなり乗り気だったからまず大丈夫だろう。言わずもがな二人は世界王者と世界女王で、東京パラリンピックの金メダル最有力候補だ。もし『東京パラリンピック金メダリスト三國智司、七條玲監修』と車いすの写真の上にのせることができたら？　お偉いさんたちにもかなりのインパクトだろうな」

もはや百花は絶句して、小田切の不敵な笑みにおののいた。

「策士……！」

「言っておくが、俺はかなり執念深い」

そうして小田切はまた大股で歩き出し、百花も小走りであとに続いた。本当にすごい人なんだ、と何度も思ってきたことをまた噛みしめるように思う。

広い背中は気を抜けばあっという間に遠くに行ってしまう。宝良と同じだ。どれほど追いつきたいと切望しても、彼らはずっと先にいて、追いかける間にもさらに高く遠くへ行ってしまう。その距離を一足飛びに詰めるような能力も、近道を見つける器用さも自分にはなく、気が遠くなるような道のりを少しずつ歩いていくほかない。

でも今は、それが自分だと思える。焦るけれど、それしかないんだと、認められる。

「――きっとものすごく時間がかかると思いますけど、主任のようなエンジニアになれるようにがんばります。いえ、主任みたいなすごい人にはわたしはなれないと思うけど、少しでも近づけるように精進します」

所信表明のような気持ちで言ったのだが、小田切は足を止めると、なんとも苦々しい表情でふり向いた。彼にしては相当めずらしい感情剝き出しの顔に百花はたじろいだ。

「……何なんだ？　このまえ社長と駐車場で話してた時もそんなことを言ってたが、おまえはなんでそんなおかしな具合に俺を買いかぶってるんだ」

「え、でも主任は、わざわざ車いすを作ってほしいっていう人が訪ねてくるくらいで、本当にすごくて完璧で……」

「完璧なわけあるか。工場長とか満井さんに聞いてみろ、俺のやらかした話を腐るほど知ってる。今は何とかやってるかもしれないが、藤沢に入ったばかりの頃は冗談抜きでひどかった。——選手を激怒させて、サポート契約を破棄されたことだってある」

百花は驚愕した。それが第二工場のエースエンジニア、小田切夏樹の話だとは到底信じられなかった。「……なんで自分からこんな情けない話をしてるんだ俺は」と小田切は肺を絞るようなため息をこぼしつつも「聞きたいか」という問いかけに百花が頷くと、おそらく本当なら胸にしまっておきたいに違いないその話を聞かせてくれた。

「おまえも知ってるだろうけど俺の祖父さんは藤沢では伝説の人だ。社長とは昔から家族ぐるみの付き合いで、俺はガキの頃から祖父さんにくっついて藤沢に出入りしてた。車いすって乗り物が妙に好きで、将来は藤沢に入りたいと自然に考えるようになった。競技用車いすの設計者になりたかったから大学も工学部に進んで、卒業後に藤沢に入った。けど、予想はしてたが祖父さんを引き合いに出されることが何かと多くて、それが面白くなくて、自分が祖父さんを超える最高の車いすを作ってやるって息巻いてた」

最高の車いすを作る——それは百花が宝良に約束したのと同じ言葉だ。けれどちょうど今の百花と同じ年頃だったかつての小田切は、きっと優秀さに裏打ちされた、もっと明確なビジョンを抱いていたのだろう。熱く青い自負心と共に。

「第二工場で満井さんに指導されて、入社一年後に初めてひとりだけで仕事をまかされた。クライアントはリオパラリンピックの出場をめざす男子選手だった。あの時の俺は気負ってたし、傲慢だった。車いすのことなら何でもわかってるつもりになって、こうしたほうが性能が上がる、こうすれば絶対にプレーの精度が上がる——そうやって選手に押しつけるばかりで、最後にその人は激怒した。『誰のための車いすを作ろうとしてるんだ』と言われて、初めてはっとした。自分の夢のためにクライアントを利用しようとした。俺は自分の目的ばかりを見て、肝心の車いすを使うその人自身を見てなかった。満井さんと工場長だけじゃなく社長まで出てくる事態になって、それでもその人は二度と藤沢の車いすを使ってくれなかった」

『夢を追って仕事をするのはいい。だが夢のためにクライアントを利用するな』

みちると佳代子が初めて面談に訪れた日の、小田切の厳しい声を思い出す。

あの言葉は、そういう彼の過去から出たものだったのだろうか。

「それから一年、営業設計じゃなく溶接や組立ての仕事をしてた。ユーザーの前に出ると手が震えてだめなんだ。何度も藤沢を辞めようと思った。そういう時に、三國さんから『リオパラリンピックに備えて車いすを新調したい』という依頼があった」

「……あの三國智司さんですか？」

「そうだ。あの人はまだ十代の時に社長が藤沢のサポート選手にスカウトした。だから車いすの調整や新調は必ず藤沢でやってくれるだけじゃなく、藤沢の広告塔にもなってくれてる。そんな人の担当を、どうしてか満井さんは俺にやれと言った。もちろん俺はできないと断った。自信なんてもうかけらも残ってなかったし、怖気《おじけ》づいてたんだ。三國さんはその時すでに北京パラとロンドンパラを連覇して『車いすテニス界の帝王』と呼ばれてた。また俺がしくじって彼にまで藤沢から去られたら、会社の打撃は計り知れない。だから断るために三國さんに俺のしたことを洗いざらい話したら『やっぱり君が担当してくれ』と言われた。『コートで戦うことが俺の心臓が動く意味で、車いすは何より大事な相棒だ。人に痛みを与えて苦しまないような人間には作られたくない。失敗をそこまで悔いて苦しむことのできる君なら、とことん悩んで俺に一番ふさわしいマシンを作ってくれると信じられる』って。──それで救われた。最高の車いすとか、そういう頭でっかちはもうやめて、とにかく目の前のたったひとりに一番ふさわしい車いすを作る。そう決めた」

　今もそれをやってる。ただそれだけだ。

　静かに小田切が言った時、雲間から光のこぼれる空を、小鳥の群れが飛んでいった。

　最高の車いすを作りたいと、かつての小田切と同じことを自分もずっと思っていた。

宝良との約束を果たすために。でも『最高』とはどういうことなのか。速さなのか、機動性なのか、安定感なのか、軽量性なのか。考えてもよくわからず、わからないからそれを作り上げる自分の姿もうまく思い描けずにいた。

けれど、今、わかった。

最高の車いすというものが、もし誰が乗っても試合に勝てるというような意味合いのものであれば、そんなものはどこにも存在しない。

最高の車いすとは、乗り手であるアスリートと、作り手であるエンジニアが共に生み出すものだ。そのたったひとりが最高の力を発揮できるよう、話し合いと試行錯誤をくり返し、エンジニアとアスリートが心を砕いて模索した先にあるものだ。

「やっぱりわたしは、主任のようなエンジニアになりたいです」

小田切がこちらに顔を向けて眉をひそめた。

「おまえは今の話を聞いたのか」

「ちゃんと聞きました。聞いたから、主任のようになりたいと思いました」

小田切のもとに人が集まり、仕事が集まるのは、小田切がその人のための最高の一台を作ってきたからだ。それは小田切が優秀で完璧な人間だからできたのではなく、かつて大きなあやまちを犯し、その痛みを今でも忘れず胸に刻んでいるからこそできた。

その完璧さに憧れていた時よりも、もっとずっと強く思う。

この人のようなエンジニアになりたい。

どれだけ時間がかかるかわからないが、目の前のたったひとりに自分のすべてを尽くして寄り添うことのできる、本当のエンジニアに。

「……前から思ってたがおまえの思考回路はなかなか独特だな」

「え、それはどういう意味ですか」

「さすがは藤沢由利子に直で電話をかけてきた高校生だ」

「その話はもうっ」

「俺のようにとかいうのは別として、鍛えるから早く一人前になってくれ。車いすを使う選手は男子も女子もいるのに、エンジニアは男しかいないのはおかしいとずっと思ってた。おまえだから見えるものも、おまえだからできることも、必ずある」

行くぞ。小田切は歩幅の広い足取りで歩き出す。最高の車いすを作る人から、最高の言葉をぽんと投げてよこされた衝撃で身動きできずにいた百花も、我に返って走り出した。どんなに人にあふれた競技会場でも、車いすを直してほしい人がすぐに見つけられるあざやかなスカイブルーの作業服を着た背中を、全力で追いかける。

めざす背中は遠く、歩もうとする道はどこまでも果てしない。

けれど胸の中に小さくかがやく道しるべを頼りに、ただ懸命に進もう。

わたしだからこそ見えるものも、わたしだからこそできることも、きっとある。

＊

宝良と会ったのは、その週の金曜日の夕方だった。

みちるの件で協力してもらったお礼がしたいとメールすると『じゃあたい焼き買って川に来て』と返事があった。川とはどこかと聞くまでもない。宝良と出会ってから恐怖の十キロランニングに必死の思いでついて回って、走り終わったあと二人で休憩した場所だ。そしてたい焼きは毎日腹ペコでたどった帰り道にある小さな和菓子店のもので、それは宝良の好物だった。

長いこと訪れていなかった思い出の店でたい焼きを袋いっぱいに買い、百花が豊かに草の茂った多摩川《たまがわ》の河川敷に着くと、宝良が遊歩道の端に車いすを停めていた。

夕陽にきらめく川面《かわも》をながめる宝良は、深いブルーにカラーリングした日常用車いすに乗っている。青は宝良の一番好きな色だ。練習や試合の時にはいつもポニーテールにしている髪を下ろしているせいか、それとも暮れた空から降る光のせいか、今の宝良はコートで見る姿よりも少しだけ儚《はかな》げに見えた。

「たーちゃん」

驚かせないようにそっと呼びかけると、ふり向いた宝良は、

「モモ」

といつもの凛《りん》とした声で呼び返した。

車いすを停めた宝良の隣に、百花は腰を下ろした。はいてきたのは高校生の時に買ったクタクタのジーンズだから多少汚れたところで惜しくない。たい焼きを渡すと「ありがと」と受け取った宝良は躊躇《ちゅうちょ》なく鯛のかわいらしい顔にかじりついた。宝良は昔からこのワイルドな食べ方だ。百花はどうしてもたい焼きがかわいそうな気がして、しっぽからチビチビ食べてしまう。

「たーちゃん、明日の出発、朝早いの？」

「早いっていっても七時くらい。もう荷作りもすんでるし」

宝良は七月半ばからジュネーブで開催されるスイスオープンに出場する予定だった。選手はおおむね大会が始まる二、三日前には現地入りして調整を行う。宝良も遠征を前にして準備がいろいろあっただろうに、そんな中でもみちるのために一日時間を割いてくれたのだ。

「スイスオープンの次は？」

「イギリスのノッティンガムに飛んで、スーパーシリーズのブリティッシュオープン。それが終わったらすぐベルギーオープン。そのあと体力的にいけそうだったらオーストリアオープンも」

宝良の遠征の話を聞くと、毎度そのスケールの大きさに圧倒されてしまう。スイスにイギリス、ベルギーにオーストリア。毎日千葉の平和な田園地帯で働いている身からすると想像もつかない生活だが、テニスで生計を立てるプレイヤーは誰もがこうだ。

オフシーズンなどなく一年じゅう海外を飛び回り、月平均で二、三大会は出場しながらなるべく多くの試合で勝利して、ポイント獲得をめざす。そのポイント数が冷酷なまでに公正な選手のランキングとなり、ランキングの高さがよりグレードの高い大会への出場を可能にし、パラリンピック代表の資格を与えもする。

「戦いっぱなしだね」

「とにかくポイント取って早くランキング上げたいから。まずはグランドスラム本選にダイレクトインできる7位以上。そうすれば世界マスターズにも出場できるし」

世界四大大会《グランドスラム》や世界マスターズという選ばれしプレイヤーだけが立てる舞台のことを、宝良は力むでもなく淡々と語る。宝良にとって、それはもう遠くに置いてうっとりとながめる夢ではなく、課題を着実にクリアして到達すべき目標なのだ。

「——すごいなぁ、たーちゃんは。パラリンピックだけじゃなく、もうグランドスラムのことまで考えてるんだもんね」

ああ、また。もう迷わない、自分は自分の道を一歩ずつ進んでいこうと決めたばかりなのに、また置いてきぼりを恐れる心が頭をもたげる。

焦ってはだめだ。焦燥に目をくもらせて自分を見失うとどうなるか、身をもって学んだはずだ。何か感じとったようにたい焼きをかじるのをやめて小さく眉をよせる宝良に、百花は懸命に笑顔を向けた。

「職場の先輩がね、競技用車いすの設計をしてる人で、車いすテニスのことにもすごく詳しいし、わざわざその人に車いすを作ってほしいって選手が会社に来るくらい信頼されてるすごい人なんだけど、その人が言ってたんだ。たーちゃんは東京パラリンピック代表の最有力候補だって。すごく期待されてるって」

「……モモ？」

「約束したよね。たーちゃんはパラリンピックに出るくらいの最強の車いすテニスプレイヤーになって、わたしはたーちゃんのために最高の車いすを作るって。でもごめん。わたしね、間に合いそうにないや。今、車いすの設計の勉強もさせてもらってるんだけど、なんかやればやるほど自分にあれもこれも足りないってことがわかって、どれだけやったらその先輩みたいになれるんだろうって気が遠くなっちゃって、毎日そんなくり返しで——一年後には、絶対、間に合わない」

「……ねえ、モモ」

「でも、焦ってもしょうがないね。うん。一コ一コやってくしかない。ごめん、たーちゃん。わたし、約束は守れそうにない。でも代わりに思いっきりたーちゃんのこと応援するから。わたしはいつでもどこでもたーちゃんの専属応援団長だから。東京パラリンピックとか、グランドスラムとか、そんなものすごいことがたーちゃんのすぐそばにあるんだって思うと、わたしね、すごくうれしいの。ちょっとだけ焦るけど、その百万倍うれしいの。たーちゃんは今だってわたしのヒーローで、誇りなの」

最後まで笑顔で言いたかったのに、不覚にも語尾が少し涙声になってしまって、百花はたい焼きをもしゃもしゃ食べながら顔をそむけた。涙でにじんだ目に映る夕暮れの川は、やけにキラキラ光って見えた。

「……もしかして、このまえ私が帰国した日にまちがい電話かけた時、べそべそ泣いてたのって今言ったことに関係あるの？」

百花は鼻をすすりながら膝を抱えてうなだれた。

宝良が、あきれてやってられないという感じのため息をついた。

「ばかなの？」

「うっ」

「入社一年ちょっとのぺーぺーに最高の車いすが作れるなんて、誰も思ってないし」

「うう！」

「だいたいそんなぺーぺーがたとえ車いすを作ったところで悪いけど怖くて試合で乗りたくなんかないし」

「ううう！」

「ていうかモモ、さっきのしゃべり方だと私が東京パラにしか出ないと思ってない？」

百花は、なんとも言えず涙目でまばたきした。宝良がまた、ため息をつく。

「モモ。パラリンピックはね、オリンピックと同じで四年に一回開催されるの」

「し、知ってるよ……」

「東京の次はパリで、その次はロサンゼルス。私は確かに東京大会の代表を狙ってる、出るつもりでいる。だけど東京だけで終わる気なんかない。パリだって、ロスだって、代表に選ばれるプレイヤーになってみせる。選手は誰だって常にそういう気持ちで戦ってる」

誇り高く強い宝良の目を、心うばわれて見つめた。——そう。疎まれて誰にも顧《かえり》みられなかった少女の頃、この目に出会って、変わりたいと泣きながら願った。

「四年後のパリ大会はまだわかんないけど、八年後のロス大会なら、モモだって中堅エンジニアになってるでしょ。その時、私に最高の車いすを作って。もちろん乗ってみて私が最高だって認めたらだけど、そうしたら私、その車いすでパラリンピックに出る」

宝良の姿が急速ににじんで見えなくなって、こらえようとしたけど全然だめで、百花はぐしゃぐしゃの顔のまま声をもらして泣いた。

「ひどいな……モモ、もう危険物だよ、その顔」

「……んとに、ほんとに待っててくれる……？　わたし、がんばるから、たーちゃん、わたしが要領悪いぺーぺーでも、あきれないで、待っててくれる――?」

「待つって、よくわかんないよ。モモが何かしなきゃ私が待たずにどこかに行くってこと? そんなわけない。そういうことじゃない。私は私のやるって決めたことをやる。モモはモモのめざす自分になるために努力する。それがいつか重なることがあるかもしれない。そういうことでしょ。――私、今モモも夢を追いかけてるって思うから、どんな遠い国にひとりで行ったって何も怖くなかった」

もう本当に何も見えなくて、しゃくりあげるばかりで息が苦しくて、それでも百花は宝良に向かって手をのばした。鼻が詰まりすぎて「やぐ、やぐぞぐ」と発した言葉は意味が捉えられないほど不明瞭だったけれど、宝良には伝わったのだろう。

「ほんとにばかだね、モモは」

大好きな親友はあきれたように笑いながら、車いすを一日に何時間も走らせるせいでたなごころが厚く固まった手で、しっかりと握り返してくれた。


(パラ・スター〈Side 宝良〉につづく)

執筆にあたり、日本車いすテニスナショナル監督・中澤吉裕さん、一般社団法人日本車いすテニス協会・佐々木留衣さん、矢島智子さん、株式会社オーエックスエンジニアリングの皆さんにご協力を賜りました。この場をお借りして感謝を申し上げます。

阿部暁子

主要参考文献

『車いす・シーティングの理論と実践』監修：澤村誠志　伊藤利之　編集：日本車椅子シーティング協会（はる書房）
『車いすはともだち』城島充（講談社）
『車いすの図鑑』監修：髙橋儀平（金の星社）
『木の家と太陽と車いす』阿部一雄（円窓社）
『脊髄損傷者の看護』編著：吉備高原医療リハビリテーションセンター看護部（メディカ出版）
『スティル・ライヴズ　脊髄損傷と共に生きる人々の物語』ジョナサン・コール　監訳：河野哲也　松葉祥一　訳：稲原美苗　齋藤瞳　谷口純子　宮原克典　宮原優（法政大学出版局）
『文藝春秋　二〇一九年六月号』より「脊髄損傷は治療できる　札幌医大「奇跡」の発見」本望修（文藝春秋）
『車いすテニスガイドブック』一般社団法人日本車いすテニス協会
『パラリンピックのアスリートたち　乗りこえた壁の先に　車いすテニス　三木拓也』金治直美（新日本出版社）
『二つのファイナル・マッチ　伊達公子　神尾米　最後の一年』佐藤純朗（扶桑社）
『テニスプロはつらいよ　世界を飛び、超格差社会を闘う』井山夏生（光文社）
『パラリンピックを学ぶ』編著：平田竹男　河合純一　荒井秀樹（早稲田大学出版部）

＊このほか、吉田記念テニス研修センターさんからいただいた『車いすテニスフィットネストレーニング』ＤＶＤも参考にいたしました。

本書は、集英社文庫のために書き下ろされた作品です。

阿部暁子の本

室町繚乱

義満と世阿弥と吉野の姫君

南朝の姫君・透子は、北朝に寝返った武士・楠木正儀を取り返すため京の都に向かう。宿敵の足利義満や、能楽師の観阿弥・世阿弥親子との出会いを経て、彼女が知った広い世界とは——。

集英社文庫

集英社文庫

パラ・スター〈Side《サイド》 百花《ももか》〉

2020年2月25日　第1刷　　定価はカバーに表示してあります。
2021年2月27日　第3刷

著　者　阿部暁子《あべあきこ》

発行者　徳永　真

発行所　株式会社　集英社
東京都千代田区一ツ橋2-5-10　〒101-8050
電話　【編集部】03-3230-6095
【読者係】03-3230-6080
【販売部】03-3230-6393（書店専用）

印　刷　大日本印刷株式会社

製　本　大日本印刷株式会社

フォーマットデザイン　アリヤマデザインストア　　マークデザイン　居山浩二

ISBN978-4-08-744084-3 C0193